表御番医師診療録12

根源

上田秀人

角川文庫
21118

目次

主要登場人物

●矢切良衛《やきりりようえい》　江戸城中での診療にあたる表御番医師。今大路家の弥須子と婚姻。息子の一弥を儲ける。その後、御広敷番医師へ出世する。

●三造《さんぞう》　先代から矢切家に仕える老爺。良衛の身の回りの世話から診療の手伝いまで行う。

●真野《まの》　本所、深川の顔役となった浪人。良衛に仲間の命を救われ、協力関係になる。

●今大路兵部大輔《いまおおじひようべだゆう》　幕府の典薬頭。良衛の妻・弥須子の父。

●徳川綱吉《とくがわつなよし》　第五代将軍。良衛の長崎遊学を許す。

第一章　走狗と神輿

一

　幕府旗本、御家人の禄《ろく》を主とした待遇は、その先祖の功績による。八千石の旗本にはそれにふさわしいだけの手柄があり、百俵の御家人にはそれなりの歴史があった。

　つまり、現在の禄高は今の当主になんのかかわりもない。

「ありがたし」

　あくせく働きたくない当主たちは、その境遇を甘受し、

「吾《わ》が力でさらなる飛躍を」

　より高みを目指す者は、努力を重ねた。

これが乱世ならば、運という要素が大きくものをいうとはいえ、禄を増やす機会は多い。それこそ関ヶ原《せきがはら》のような天下分け目の合戦から、隣国との境をめぐっての小競り合いまで、手柄は己次第といえた。

しかし、戦がなくなって、泰平になると手柄を立てる場所がなくなった。いや、なくなったとは言えないが、確実に機会は減った。

なにしろ幕府の姿勢が変わってしまった。

武力で他の大名たちを押さえつけ、天下を吾がものとした徳川《とくがわ》家は、二代、三代、四代と重ねるにつけて、偃武修文《えんぶしゅうぶん》へと舵《かじ》を切った。

矛を仕舞い、弦を外し、戦を過去のものにする。力がすべてであったことを否定し、学問を至上として、徳川幕府は乱世を終わりとした。

結果、武士が不要になった。

かといって、家臣たちのおかげで天下人になれたのだ。もう要らないといって放逐なぞしたら、手痛い目に遭う。徳川だけではなく、すべての大名たちは、なにもしない者たちに、禄を支払い続けるという事態を受け入れるしかなかった。

だからといって遊ばせておくわけにもいかない。領主には領地を切り盛りするという役目がある。二百石や三百石ならば、当主自らが領地の面倒を見られるが、千石をこえたり、領地の村が何ヵ所かに分かれてあると、一人二人でどうこうなるものではなく、人手が要った。そこで無駄飯を食わしている家臣に、それらの役目を任せる。

幕府ともなれば、その数も膨大になった。

直接現場に行く者、その者たちをとりまとめる者、入ってきた年貢を管理する者、支払った金を勘定する者、そして領内のすべてを仕切る者と、役人のなかにも格差が生まれた。

言いつけられた役目が面倒なものになればなるほど、人手を集めるなどの経費がかかる。

自前の家臣を持たない十石の武士に、十万石の家老は務まらない。家老は藩を主君に代わって差配するだけの格がなければならず、禄高で上下関係を見極める武士の場合、ふさわしいだけの禄も要った。

とはいえ、先祖の功績が大きく、数千石の禄を食《は》んでいる者の子孫が、代々能力の高い当主を輩出するとは限らない。

高禄でも無能、小禄でも有能というのは、いくらでもある。

馬鹿に藩政を任せれば、家が危なくなる。されど小禄では家老をこなすだけの余裕がない。ならば、役目にふさわしいだけの石高にしてやればいい。

　こうして役高というものが決まった。

　幕府町奉行ならば三千石、目付ならば一千石、役高はこの職に就いたとき、加増される。千五百石の者が町奉行になったならば、一千五百石を加増されて本禄三千石になる。もちろん、本禄が役高よりも多い者は加増をされない。四千石の者が町奉行を何年しようとも、一石ももらえない。

　ただ町奉行を経て、大目付へ栄転したならば、五千石へと引きあげられる。

　そして、なにより大きいのは、役高に引きあげられた家禄は、その職を辞しても減らされないことであった。

　罪を得ての解職ならば、加増分はもちろん本禄にも響く。また、その者の隠居までという条件が付くときもないわけではないが、でなければ、己一代ではなく子々孫々まで受け継げた。

　戦場での手柄というのを失った武士にとって、役目に就くというのがなによりの出世となった。

「百五十俵の御家人から、二百石の旗本か」

　御《お》広敷番《ひろしきばん》医師矢切良衛《やきりりょうえい》が難しい顔をした。

まだ綱吉《つなよし》が将軍となる前、館林《たてばやし》藩主として神田館《かんだやかた》にいたころから仕え、そのまま江戸《えど》城本丸へと付いていった台所人の安田《やすだ》は、新任の遠坂《とおさか》に厳しく味付けを教えこんで辞任、まったく畑違いの大坂《おおさか》城代副番《そえばん》番士へと栄転していた。

「お漬けもの係番もいない」

安田と同じく神田館から本丸へ来た台所人漬けもの係番番も、やはり後任を育てるなり転属、身分は御家人のままであったが、倍近い加増を受けて新居《あらい》奉行所与力へと転じていた。

「異常なまでの塩辛い味付け、それを指導した二人がともに江戸から離れて遠国《おんごく》勤務とはどうなのだ」

良衛は甚だしい疑問を感じていた。

「あり得るのか」

だが、町医者に近い貧乏御家人から御広敷番医師に引き立てられた良衛に、役人の事情はわからない。医者というのは、役人に違いないが、何々守《のかみ》、なんとか大夫といった官位ではなく、法眼《ほうげん》、法橋《ほっきょう》などという僧侶《そうりょ》の格を与えられる医者は、そういった事情に疎い。

言わずもがなだが、幕府医師にも出世はある。小普請《こぶしん》医師から御広敷番医師、表《おもて》御番《ごばん》医師を経て、寄合医師に移り、そして最高位である将軍侍医の奥医師になる。

とはいえ、所詮《しょせん》は狭い医師のなかだけのことであり、医師が番方になったり、勘《かん》定《じょう》勤務になることはない。

良衛は城中での役人常識をまったく知らなかった。

「……岳父さましかないか」

小さく良衛はため息を吐いた。

良衛の妻、弥《や》須《す》子《こ》の父は、幕府典薬頭《てんやくのかみ》の今大路《いまおおじ》兵部《ひょうぶ》大輔《だゆう》である。戦国の名医曲直《ま》瀬《な》道三《せどうさん》の流れを汲《く》む名門だが、その職制上、医師として現場には立てない。医師の触れ頭として、奥医師以下を統率し、幕府薬草園《やくそうえん》を預かる世襲制の役人であった。

もう一人の同役半井《なからい》出雲守《いずものかみ》とどちらが上席になるかで、代々争いを重ねてきており、御家人に過ぎなかった良衛が外道の名人だと知ると、妾腹《しょうふく》の娘を嫁がせて自陣に取り込み、勢力拡大を図ったほどの策士であった。

「お屋敷にお邪魔をすべきだな。城中でできる話ではない」

娘婿という立場は思っているよりも面倒なものであった。今大路兵部大輔に会うのに、あらかじめ用件を告げ、許可をもらってからといった他の医師たちが踏まなければならない手続きは無視できる。在席しているかどうかさえ、確認するだけでいい。

しかし、その特権を使いすぎると、周囲の反発が強くなる。

「姻戚《いんせき》をいいことにしおって」

やっかみを受けるのには慣れているとはいえ、気持ちの良いものではなかった。

「妻と息子にも会いたいところである」

良衛は長崎《ながさき》へ遊学したとき、弥須子と一子一弥《いちや》を実家へ預けている。江戸へ呼び返された良衛だったが、いろいろな厄介事に巻きこまれたため、妻子を引きとれずにいた。

今大路兵部大輔の屋敷は、日比谷御門《ひびやごもん》内にあった。

いつものようにお伝《でん》の方の診察を終えた後、一度屋敷に帰って患者の診療、往診をこなした良衛は、日暮れ前に今大路兵部大輔のもとへと出向いた。

「なにがあった」

すぐに面談はかなったが、会うなり今大路兵部大輔が険しい顔で訊《き》いてきた。

「なにがと言うほどのことかどうかもわかりませぬ」

「話せ」

どう伝えればいいかわからないと戸惑いを見せた良衛に、今大路兵部大輔が命じた。

「……ということでございまする」

台所人二人の現況を良衛は語った。

「むううう」

今大路兵部大輔がうなった。

「これをどう考えれば……」

「…………」

答えを求めた良衛に、今大路兵部大輔は無言であった。

「兵部大輔さま」

義父とはいえ、身分が違いすぎる。よほどのときでないかぎり、岳父、あるいは義父と呼ぶわけにはいかず、官名を口にしなければならない。

「……まずいぞ、良衛」

今大路兵部大輔が苦く頬をゆがめた。

「なにがでございましょう」

良衛は首をかしげた。

「たかが御家人とはいえ、それを畑違いの役目に就け、一人を旗本へと昇格させる。これはなかなかできることではない。そなたが御家人から旗本の表御番医師になれたのは、医師という法外の身だからじゃ」

今大路兵部大輔が説明した。

幕府医師は本道の始祖ともいうべき多紀《たき》氏を除いて世襲制ではなかった。医者というのは、身分や家柄より、腕が重要とされたからであった。

当たり前である。名医の息子だからかならず名医になるとは限らない。得てして、そういった家ほど、二代目の出来は悪い。

名医ほど医業に忙しく、息子の教育をする暇がないのだ。名医のもとへ修業に来ている弟子がいたところで、あまり役には立たない。どうしても師の息子ということで遠慮してしまうからだ。

医者は家柄ではなく、技量である。徳川幕府初代将軍家康《いえやす》は、このことをよく理解していた。そこで幕府は、医師たちを世襲ではなく、一代限りとして召し抱えた。いや、一代限りなのは役目だけで、与えられた禄はそのまま子孫に継承できる。ただ、余りに長く医師としての業績があげられなければ、禄は没収された。

つまり、医術が優れていれば、御家人であろうが、町民であろうが旗本格の幕府医師になれた。

「しかし、それ以外となると、よほど上の方でなければ難しい。旗本の格は、組頭あたりがどうこうできるほど甘いものではなく、少なくとも上様から政《まつりごと》を預けられている執政衆でなければならぬ」

「執政衆……」

良衛が顔色を変えた。

「ずいぶん前だろう、ご老中さまも代わっている。今のご執政衆とは限らぬ。上様に要らぬ策を弄《ろう》するような者といえば、一人しかおられまい」

「……雅楽頭《うたのかみ》さま」

「そうじゃ、ご大老《たいろう》であった酒井《さかい》雅楽頭忠清《ただきよ》さまだ」

呟《つぶや》くように口にした良衛へ今大路兵部大輔がうなずいた。

「もともと酒井雅楽頭さまは、上様をお嫌いであった」

「…………」

同意も否定もしにくい。良衛は黙った。

「覚えているだろう、四代将軍家綱《いえつな》さまが体調を崩されたときのことを」

「それは……」

御家人だったとはいえ、良衛は幕府の家人であった。目通りさえできない軽い身分だが、やはり主君たる将軍のことは気にかかっていた。

「お世継ぎのなかった家綱さまの跡取り、どう考えても弟君の館林公綱吉さましかいない。それを酒井雅楽頭さまは無視された」

「でございました」

幕府を大いに揺るがす世継ぎ問題だけに、その経緯はくわしく知られていた。

「酒井雅楽頭さまは、綱吉さまではなく、京《きょう》から宮様を将軍として迎えられようとなされた」

鎌倉《かまくら》幕府が三代将軍源実朝《みなもとのさねとも》の急死を受けて、執権北条《ほうじょう》氏の意向で、源氏《げんじ》ではなく京から宮家を迎えて将軍となした。この故事に酒井雅楽頭は倣おうとしたのである。

「幸い、老中堀田備中守《ほったびっちゅうのかみ》さまが、病床にあられた家綱さまに綱吉さまをお目通りさせて、世継ぎと認定いただいたおかげで、徳川幕府は宮将軍ではなく、神君家康さまのお血筋を続けられた」

一時は大老の権威を怖れた者たちによって、宮将軍は認められるかに見えたのを、堀田備中守が阻止した。その功績をもって堀田備中守は佐倉《さくら》十万石と大老の地位を得た。

「あのとき、余はふと思ったのだ」

今大路兵部大輔が良衛を見た。

「もし、甲府《こうふ》宰相綱重《つなしげ》さまがご存命であれば、どうなったかと」

甲府宰相綱重は、三代将軍家光《いえみつ》の三男で、四代将軍家綱のすぐ下の弟になる。が、残念なことに綱重は、家綱よりも早く病でこの世を去っていた。

「甲府宰相さまが、生きておられたら……」

考えたこともない良衛が怪訝《けげん》な顔をした。

「気にならぬのか、そなたは」

今大路兵部大輔があきれた顔をした。

「綱重さまがおられても、酒井雅楽頭さまが宮将軍をと言われたならば、徳川の系統を簒奪《さんだつ》するおつもりであったと考えられよう。そう、まさに鎌倉の北条よ」

北条氏は鎌倉幕府初代将軍頼朝《よりとも》の妻の実家になる。平家《へいけ》によって関東へ流された頼朝をかばい、娘まで与えたことで、鎌倉幕府において厚遇され、世襲の執権となった。しかし、北条氏はそれで満足しなかった。北条氏は、源氏の直系が絶えたのをよいことに、身分だけ高い宮家から人を招き、形だけの将軍として、幕府の実権を握った。

酒井雅楽頭もそれと同じことを考えていた証明になると今大路兵部大輔が告げた。

「なるほど……」

「逆に、綱重さまの継承を推し進めたとしたら……」

感心した良衛に今大路兵部大輔が問いを投げかけた。

「……綱吉さまを酒井雅楽頭さまは嫌っておられた」

「うむ」

答えた良衛に、今大路兵部大輔が大きく首を縦に振った。

「義父上《ちちうえ》……」

認めた今大路兵部大輔に、良衛が顔色を変えた。礼を失した呼び方をするほど、良衛は驚愕《きょうがく》していた。

「気づいたか」

今大路兵部大輔が感情のない声を出した。

「もし、酒井雅楽頭さまが簒奪を考えていたとしたら……」

「綱重さまの病死も怪しくなる」

恐る恐る尋ねた良衛に、今大路兵部大輔が淡々と答えた。

甲府宰相綱重は、家綱の三歳下で綱吉の二つ歳上になる。所領として与えられた甲府で治水をおこなうなど、名君としての片鱗《へんりん》を見せていたが、家綱より二年早く、三十五歳の若さで病死していた。幸い、跡継ぎがいたため、甲府藩はそのまま家督相続を許され、嫡男であった綱豊《つなとよ》が藩主となって維持していた。

「綱重さまの御病名は……」

当時まだ幕府医師でなかった良衛は、綱重の死因を知らなかった。

「一夜痛飲なされた後、人事不省となられ、回復なされず、あえなくなられたと聞いた」

今大路兵部大輔が述べた。

「ご酒をお好みであられた」

「と聞いた」

確認した良衛に、今大路兵部大輔が首を縦に振った。

「酒毒……」

良衛が病名を口にした。

「…………」

今大路兵部大輔が肯定も否定もしなかった。

「酒毒とは、酒に淫《いん》することで現れる病」

じっと今大路兵部大輔の顔色を窺《うかが》いながら、良衛が口にした。

酒は少量ならば、疲れを癒《い》やし、眠りを深くしてくれる。十分な休息の助けになることから百薬の長とも言われている。しかし、薬も取り過ぎれば毒になる。薬も酒も続ければ、効果が薄くなる。効かなくなれば、どうにかしたいとより多く摂取する。

やがて、酒がなくてはいてもたってもいられなくなってしまう。酒がきれると気が落ち着かなくなり、手足が震え、眠れなくなる。起きている限り、酒のことしか考えられなくなる。これを酒毒症といった。

「酒毒だとして、どちらなのでございましょう。急か緩か」

急というのは、一度に大量に飲酒することで脈の乱れからくる心の臓の負担や、嘔吐物《おうとぶつ》を喉《のど》に詰めて窒息する場合を言い、緩とは長いときをかけて酒毒に侵され、心の臓、脳、肝臓などが不調を起こす場合を言った。

「わからぬ。家綱さまの弟君とはいえ、独立した大名なのだぞ。余のもとへ正式な報告は来ぬ。甲府藩の医師は幕府医師ではなく、藩お抱えの者じゃ」

幕府と藩にはしっかりとした区別があった。老中といえども、大名が領内でおこなっている政を指図はできない。幕府医師の触れ頭でしかない典薬頭に、甲府藩医師へ綱重の死因を提出させる権限はなかった。

「もし、綱重さまのご死因が酒毒であった場合、急であろうが緩であろうが、今の上様と同じく口にするものがかかわってくるな」

今大路兵部大輔が苦い顔をした。

「…………」

良衛が息を呑《の》んだ。

「甲府藩はまだある。調べられるだろう」

「まさか、それもわたくしが……」

見てくる今大路兵部大輔に、良衛が嫌そうに頬をゆがめた。

「余が動くわけにはいくまいが」

「それはそうでございますが……」

ことがことである。かなりときは経っているとはいえ、典薬頭が綱重の死に疑問を持って調べているとなれば、騒動になる。

「やらねばならぬとわかっておろう」

抵抗しようとした良衛に今大路兵部大輔があきれた。

「うっ……」

良衛が詰まった。

「お伝の方さま、いや、上様から命じられておるのだろう、台所人の不審な動きを調べるようにと」

「……さようではございますが、わたくしが承っているのは、幕府台所だけでございまする」

言われた良衛がなんとか逃げようとした。

「だが、その手がかりとなる証人がおらぬのであろう」

「おらぬのではございませぬ。いささか遠いと申しあげておるだけでございまして……」

良衛は抗《あらが》った。

「ふん、ならば余から柳沢《やなぎさわ》どのに申しあげておいてもよいのだぞ」

「それはっ……」

今大路兵部大輔の言葉に、良衛は顔色を変えた。

小納戸《こなんど》上席から側用人《そばようにん》に出世した柳沢出羽守《でわのかみ》は、将軍綱吉の寵臣《ちょうしん》であった。館林藩から付いてきた柳沢出羽守は、綱吉の身の回りの世話をする小納戸として仕え、新設された大名役の側用人となってからも、その取りまとめを任されている。

綱吉によって引き立てられたとわかっているだけに、その忠誠心は厚い。綱吉の健康状態に疑問を持った良衛との連絡役も担っていた。

「懈怠《けたい》を咎《とが》められるぞ」

今大路兵部大輔が良衛を脅した。

寵臣は、己を引き立ててくれた主君と一心同体である。主君が隠居すれば、ともに身を引き、主君が亡くなれば、供をする。

さすがに殉死は四代将軍家綱のとき、大政委任を受けた保科肥後守正之《ほしなひごのかみまさゆき》によって禁止が言い出され、綱吉が将軍になってからの天和《てんな》三年（一六八三）、正式に武家《ぶけ》諸法度《しょはっと》の一つとして加えられた。とはいえ、主君が死ねば、寵臣は終わりであった。先代の寵臣ほど面倒な相手は、次期当主にとっていない。

「ご先代さまのご遺訓でございまする」

「そのようなことをご先代さまはなさいませんでした」

なにせ寵臣にとっては、先代主君が至上なのだ。跡継ぎなぞ、どうでもいい。ただ、先代の名前を汚さなければいいといった扱いになる。

「なにさまのつもりじゃ」

「不遜《ふそん》な」

当然、新しい当主やその側近たちにとってはうるさい。

「ゆっくりと休め」

役を解かれるだけならばまだましで、

「役目において恣意《しい》あり」

過去の些細《ささい》なことをほじくり返されたり、無理矢理罪を作られたりして、当代の政からはじき出される。

そして、そうなるときは概《おおむ》ね、先代によって加増されたほとんどは取りあげられ、下手をすると死を命じられることもあった。

寵臣にとって、吾が命よりも主君が大事であった。

「何一つ隠さず、報告をせよ」

綱吉の寵臣である柳沢出羽守が、良衛に求めるのは報告とそして的確な対処である。

すでに台所人の行方を調べておきながら、まだなにも動いていない良衛のことを柳沢出羽守が知ったら、どうなるかは言わずともわかる。

「……わかりましてございまする」

良衛は折れた。

「うむ。用はそれだけか。ならば、会ってゆくがよい」

今大路兵部大輔が満足そうに言った。

二

妻と子に会った翌日、良衛はお伝の方のもとへと伺候していた。

「参ったか、矢切」

顔なじみになった中臈《ちゅうろう》が良衛を局《つぼね》上段の間へと案内した。

「近《ちこ》う寄れ」

茶を喫していたお伝の方が、良衛に気付き、手招きをした。

「ご無礼仕《つかまつ》りまする」

上段の間を入った襖際《ふすまぎわ》で良衛は一度膝《ひざ》を突いた。

「お方さまには、ご機嫌うるわしく、恐悦至極に存じまする」

「機嫌良くはないぞえ。妾《わらわ》の大事な、大事な上様になにかを仕掛けてきている者がおるのだろう。見つけて八つ裂きにしたいわ」

決まりきった挨拶《あいさつ》をした良衛に、お伝の方が膨れた。

「畏《おそ》れ多いことでございまする」

良衛が悪いわけではない。綱吉の生命、健康にちょっかいをかけてきている者は別にいる。謝るのは違うが、身分が高い将軍側室の機嫌を損ねるのはまずい。

良衛は恐縮してみせた。

「八つ当たりであったな。許せよ」

お伝の方が口だけとはいえ、詫《わ》びた。

「とんでもないことでございまする」

あわてて良衛は頭を下げた。

「頭を下げあっていては意味がないの」

おもしろかったのか、お伝の方が笑った。

「さて、では診てもらおうかの」

お伝の方が診察を促した。

「では、御免を」

診察となれば、身分は気にしない。良衛はお伝の方に近づき、脈を取り、目の色を確認して、舌を出させる。うなじに手を当てて体温も測った。

「終わりましてございまする」

「どうであったかの」

すばやく離れた良衛に、お伝の方が問うた。

「脈も落ち着き、規則正しく、お熱もいつもと同じ、目の色にも異常なく、お健やかであろうと拝診仕りましてございまする」

良衛が異常なしを告げた。

「それはなによりであった」

診察のために脱いだ裲襠《うちかけ》を中臈から着せかけられていたお伝の方がうなずいた。

「あと……」

ちらとお伝の方を良衛は見上げて、目で他人払《ひとばら》いを願った。

「皆、遠慮いたせ」

「仰せのままに」

毎日のように密談を繰り返しているだけに、女中たちの反応も慣れたものである。

すぐに上段の間から、女中たちの姿が消えた。

「これでよいな」

腹心の中臈だけを残してお伝の方が確認した。

「結構でございまする」

良衛が感謝した。

「で、どうであった。上様に害をなす者のこと、少しはわかったのかえ」

早速、お伝の方が尋ねた。

「わかったというには、いささかつらいところでございますが……」

良衛が怪しい前任の台所人の行方を口にした。

「なんと、二人とも遠国かえ」

「のようでございまする」

驚いたお伝の方に、良衛が首肯した。

「ただちに江戸へ召還いたせ」

お伝の方が要求した。

「お待ちくださいませ」

良衛がお伝の方を諫《いさ》めた。

「どうした、なぜ止める」

「それはいささか、性急かと……」

きっと眉《まゆ》を吊《つ》り上げたお伝の方に、良衛が今大路兵部大輔の推測した幕府の執政がかかわっているかも知れないとの話をした。

「酒井雅楽頭じゃと。そんなもの、とうに死んでいるではないか。第一、今の酒井家は上様のお邪魔をしたことで零落しておる。なにもできようはずはない」

お伝の方が吐き捨てた。

五代将軍選定で失脚した酒井雅楽頭は、綱吉の報復を受けて解任、家督を譲って隠居した一年後、病死していた。

「酒井雅楽頭さまだとは限りませぬ。他の老中、若年寄方かも知れぬのでございまする。うかつに江戸へ召還すれば、二人とも口封じに遭うやも」

「ううむ」

説明を聞いたお伝の方が詰まった。

「では、どうにもできぬのか」

「愚昧《ぐまい》が新居あるいは大坂まで行って……」

「それはならぬ」

調査に出向くという案を話し終える前にお伝の方が遮った。

「そなたがおらねば、誰が代わりをするのだ」

お伝の方が良衛以外の医師はおらぬと首を左右に振った。

「それは中条壱岐《ちゅうじょういき》どのとかが……」

御広敷番医師の同僚で産科の名門中条流の継承者の名前を、良衛は出した。

「その者は、南蛮《なんばん》流産科術が使えるのか」

「わたくしが教えまする」

訊いたお伝の方に、良衛が応じた。

「そなたよりも使えるわけなかろうが。師に優《まさ》る弟子がおらぬとは言わぬが、弟子が師をこえるには、何年もの期間とたゆまぬ努力が要る。そうじゃな」

「はい」

まさに正論であった。お伝の方の言いぶんを良衛は認めるしかなかった。

「今日明日には間に合わぬであろう。上様のお世継ぎさまを得るのは、火急の用であるぞ」

「……わかっておりまする」

気色ばむお伝の方に、良衛は頭《こうべ》を垂れた。

「誰ぞ、信用のおける者はおらぬか」

「信用おける者はおりまするが、御上の者ではございませぬ」

問われた良衛が首を横に振った。

「それではいかぬの」

お伝の方が難しい顔をした。

「……何か良い手はないのかえ」

しばらく考えたお伝の方が、良衛を見た。

「…………」

少しためらってから、良衛が覚悟を決めて口を開いた。

「今大路兵部大輔さまと昨日お話をいたしまして」

「典薬頭か、そういえば、そなたの岳父であったの。で、どうした」

途中で止めた良衛に、お伝の方が先を急《せ》かした。

「甲府さまのこともかかわってくるのではないかと」

「……甲府」

嫌そうにお伝の方が表情をゆがめた。

「あやつが後ろにおるのか」

綱吉の将軍宣下に異を唱える者の旗印となったのが、現甲府藩主徳川参議兼左近衛権中将綱豊であった。

「ああ、申しわけもございませぬ。先代の甲府宰相さまのことでございまする」

急いで良衛はお伝の方の勘違いを訂正した。

「先代……とっくに死んでいるではないか」

お伝の方が首をかしげた。

「……御他言無用でお願い申しあげまする」

良衛が声を潜めた。

「今更じゃ。申せ」

お伝の方が小声で命じた。

「今大路兵部大輔さまは、綱重さまも綱吉さまと同じ手法で、ご寿命を縮められたとお考えでございまする」

良衛は今大路兵部大輔に責任をなすりつけた。

「甲府宰相の死に様はどうであったかの」

部屋の隅に控える腹心の中臈にお伝の方が質問した。

「たしか、酒に溺《おぼ》れて身体を悪くしてだったかと。末期は白絹の夜着が身体から出る汗で黄色く染まったと聞いておりまする」

中臈が返答した。

「黄疸《おうだん》……」

良衛が絶句した。

「知っておるのか、そなた」

お伝の方が良衛へ険しい目を向けた。

「酒毒や病で肝の臓が壊れた者の身体が黄色く変色することでございまする」

良衛が答えた。

「酒ごときに負けるなど、愚か者らしい末路じゃ」

「…………」

嘲笑《ちょうしょう》するお伝の方に、良衛は沈黙した。

「上様のように学問をなされば、酒なんぞ呑んでいる暇《いとま》などなかったものを」

お伝の方が誇るように言った。

たしかに将軍になる前の綱吉は林大学頭《はやしだいがくのかみ》をして、

「上様のお血筋でなければ、吾が学統を譲れたのだが」

と残念がらせたほどの学問好きであった。

「お伝の方さま、お平らに」

まだ文句を言いたそうなお伝の方を良衛が宥《なだ》めた。

「……死人を罵《ののし》っても無意味じゃな」

一度大きく息を吸って、お伝の方が落ち着いた。

「結局のところは、なにを言いたいのじゃ」

用件をまとめろとお伝の方が良衛に指図した。

「神田館から上様に付いてきた台所人は、すぐに調べられませぬ。しかし、甲府藩に仕えている台所人は、そのまま残っているやも知れませぬ」

「そなた……」

お伝の方が顔色を変えた。

「……………」

良衛は無言でお伝の方を見つめた。

「まさか、今の甲府も狙われていると申すのか」

「……………」

震えているお伝の方に、良衛は反応しなかった。

「無言は肯定と同じぞ」

お伝の方が良衛を責めた。

「まだなにも手を付けていませぬゆえ、そうだとは断定できませぬ」

「じゃが、疑っておるのだろう」

「甲府さまにお目通りを願ったことさえないので、ご体調がどうかもわかりませず、お健やかであれば……」

問い詰めるお伝の方に、良衛は首を左右に振った。

「…………」

まだお伝の方は納得していなかった。

「なので、調べて参りたいと思いますが……なにぶんにも御広敷番医師では、甲府藩へ出向くだけの名分はありませぬ」

「そうだの」

お伝の方が認めた。

御広敷番医師は、幕府大奥に所属する女中たちの診察と治療をおこなう役目で、甲府藩がいかに上様の甥《おい》とはいえ、なんらかかわりはなかった。

「なるほど、その手立てを妾に頼みに来たのじゃな」

お伝の方が理解した。

「お助けをいただきますよう」

良衛が頼んだ。

「甲府か……誰ぞ、かかわりのある者は……おらぬわな」

綱吉の側室が、将軍継承の候補として一度でも名前のあがった甲府参議綱豊と縁《えん》を結ぶはずはない。どころか局の女中すべてを調べ、決して繋《つな》がりのある者を雇い入れたりはしなかった。

「むうう」

お伝の方が眉間《みけん》にしわを寄せて、悩んだ。

「お方さま」

腹心の中臈が、発言を求めた。

「なんじゃ」

お伝の方が許した。

「御台所《みだいどころ》さまにお願いをいたしてはいかがでございましょう」

「……御台さまにか」

中臈の意見にお伝の方が首をかしげた。

「怖れながら御台所さまは、五摂家《ごせっけ》の鷹司《たかつかさ》の出であらせられまする。そして、甲府参議さまの御簾中《ごれんじゅう》さまは、近衛《このえ》家の姫。ご面識はお有りかと」

「ほう」

お伝の方が中臈の案に感心した。

綱吉の正室信子《のぶこ》は、左大臣鷹司教平《のりひら》の娘である。兄が関白《かんぱく》、妹が霊元《れいげん》天皇の中宮《ちゅうぐう》と名門中の名門から嫁いできた。子ができなかったとはいえ、綱吉との仲は悪くなかった。当初、綱吉の子を続けて産んだお伝の方と不仲であったが、嫡子徳松《とくまつ》の死で落ちこんだお伝の方を哀れみ、以降二人の関係は良好となっていた。

「行けるやも知れぬ。御台さまのご都合をうかがって参れ。妾がお願いにあがるゆえ」

お伝の方が腹心に命令した。

「はっ」

中臈がうなずいた。

「決まり次第連絡してくれる。さすがに、今の今日とはいかぬでな」

「お手をわずらわせ、畏れ入りまする」

御台所は大奥の主《あるじ》になる。実際の権力は、綱吉の子を産んだ愛妾《あいしょう》お伝の方のほうがあろうとも、格の違いというのは大きい。

良衛は、お伝の方に礼を言って、辞去した。

三

幕府台所は利権の固まりであった。

将軍は天下の主である。当然、北は蝦夷地《えぞち》から南は鹿児島《かごしま》まで、いろいろなものが献上されてくる。そのうち口に入るものは、すべて台所へ収められた。

「ご同役、今、米のなかに石らしきものが見えましたぞ」

白米をとぐために、米櫃《こめびつ》から盥《たらい》へと移していた台所人に、別の台所人が声をかけた。

「なにっ、それはいかぬ」

米を扱っていた台所人があわてて盥を脇へと避《よ》けた。

「上様のお食事に石など入っていては大事じゃ」

米の担当台所人が、新しい盥を持ち出し、また米を入れた。

「また、なにか見えましたぞ」

見ていた台所人が同じ指摘をする。

「これはいかぬ」

米の台所人が、先ほどの盥へと、米を移し替える。

これを何度か繰り返すと、最初の盥は米で一杯になる。

「さて、これを捨てなければの」

指摘し続けてきた台所人が、異物の入った米だというものを頭陀袋《ずだぶくろ》へと分ける。

「では、これを」

周囲の者に米で一杯になった頭陀袋を渡していく。

「屋敷で捨てるといたそう」

「拙者も」

うれしそうに頭陀袋を台所人たちが撫《な》でた。

同じような風景が、砂糖、塩など持ち運びしやすいもののところでおこなわれる。

「お台所人さま、こちらでよろしゅうございましょうや」

出入りの商人が注文された野菜や魚などを持ちこんで来る。

「おう、さすがに大島屋《おおしまや》だな。よき品である」

台所人が受け取りに判を押す。

「ありがとうぞんじまする。ところで、今夜、いかがでございましょう」

「今夜か、大丈夫だな」

訊かれた台所人が、商人の誘いに乗った。

「いくらにした、大島屋」

台所人が小声で問うた。

「大根一本百文、人参《にんじん》一本百文で」

大島屋が口の端をゆがめた。

「やりすぎだぞ。大根なんぞ、今なら八文から十文といったあたりだぞ」

台所人があきれた。

「なにぶん、一本につき三十文、そちらにお納めさせていただきますので。今月分は今夜まとめてお渡しいたしまする」

「……ほどほどにしておけよ」

にやりと台所人が頰を緩めた。

台所人は御家人、旗本の区別なく、料理ができるかどうかで役目に就ける。禄は役料五十俵と少ないが、余得が多い。

なにせ、普段、台所人が作るのは将軍と御台所、将軍の子女、お部屋を与えられた側室の食事だけなのだ。毒味の問題もあるため、人数分の三倍を調理するが、多くても三十人前ていどでしかない。しかし、台所に納入されるものは、ゆうに五十人前をこえている。

天下人の将軍の口に入るものである。余ったから翌日にとはいかない。余ったものはすべて廃棄になる。台所で廃棄というのは、御広敷台所から他へ運び出すという意味になる。

台所人は、百俵前後の御家人にしてみれば、羨望《せんぼう》の役目であった。

「どうなっておるのだろうの」

魚番台所人の遠坂が、漬けもの台所人の井下《いのした》に訊いた。

「わかりませぬなあ」

井下が首を横に振った。

遠坂が目見え以上の旗本で、井下は御家人のため、同じ役目でも口調に差が出るのは当然のことであった。

「あれ以来、上様のお食事の味付けが、かなり薄くなった」

「お医師どののご指示でございましょう」

遠坂と井下が顔を見合わせた。

「しかしだな、毒味役の連中はまだしも、上様がなにも仰せにならぬというのが、気になる」

「さようでございますか」

疑問を呈する遠坂に井下が首をかしげた。

「人というものは、慣れ親しんだ味に執着するものだ。いや、慣れ親しんだ味でなければうまいと感じない」

「たしかに、そうでございますな」

井下が賛成した。

「しかし、上様は味付けが変わっても、まったくなにも仰せにならない」

遠坂が難しい顔をした。

特権の多い台所人だが、その任は厳しい。なにせ、天下人の口に入るものを調理するのだ。台所人が毒を盛る気になれば、これほど容易なものはない。もちろん、いきなり綱吉の膳《ぜん》に供されるわけではなく、何度も毒味をされるが、それでも他の役目の者が毒を盛るよりははるかに楽になる。

毒を盛れば、九族《きゅうぞく》皆殺しになる。謀叛《むほん》と同じ重罪だからだ。

また、毒でなくても食中《あた》りを起こしたりしても首が飛ぶ。いや、まずいと言われただけで切腹しなければならない。

役高の割りに、台所人の責務は重かった。

「あの医師だろうが、なにものだ、あいつ」

遠坂が不思議そうな顔をした。

「上様に味付けの変更を認めてもらうなんぞ、奥医師でも無理だ」

「はあ」

気になる遠坂とは逆に、井下は興味がなさそうであった。

「そういえば、先任のところへは行ったのかの」

「わかりませぬな。あれ以来、あのお医師の姿を見ませぬゆえ」

言われて思い出したといった風で、井下が述べた。

「おぬしは気楽だの」

遠坂があきれた。

「台所人になれたのでござる。おかげで余裕もできました。これ以上を望むのは、いささか贅沢《ぜいたく》かと」

分をわきまえていると井下が応じた。

「そうかも知れねえな」

遠坂もうなずいた。

「魚番と漬けもの番は余得が少ないが、それでもましだ」

朝、納品されたら夕方には消費し終えていないといけない魚は、後で販売するというわけにはいかない。漬けものは日持ちするが、その代わり市中で安く手に入るだけに、引き取ってくれるところもない。

余った魚は台所で煮たり、焼いたりして持って帰り、自家で消費するしかなく、おかず代が浮くていど、漬けもの番もよく似たものであった。

「少ないとはいえ、御用商人や魚河岸から、挨拶《あいさつ》金をもらえるのだ。無役の御家人で遊んでいることを思えば、はるかにまし」

「はい」

遠坂の結論に、井下が同意した。

雑談をしていた二人を賄《まかな》い方吟味役が見咎めた。

「何を話しておる」

「なんでもござらぬ」

旗本の遠坂が応対した。

賄い方吟味役は、料理の味付けを確認する役目である。身分は御家人で、台所人のように旗本が任じられることはない。役高二十俵、役料五十俵二人扶持《ぶち》と少ないが、台所ではそれなりの権威を持っていた。

「いや、気になる言葉を耳にいたした」

賄い方吟味役は遠坂の逃げ口上を許さなかった。武士としての身分からいけば、台所人である遠坂が上になるが、役目からいけば台所人より賄い方吟味役が偉くなる。なにせ、賄い方吟味役は、台所人の作ったものを判定し、不可であれば作り直しや、味付けの変更を命じられる。

「なんでござろう」

遠坂が少しだけ言葉をあらためた。

「上様のお食事の味付けを変えたと申したな」

「ちっ」

聞かれていたとわかった遠坂が小さく舌打ちをした。

「きさまっ」

しっかり聞こえたらしい賄い方吟味役が怒った。

「知りませぬな」

「わたくしも」

遠坂と井下が否定した。

「偽りを申すな。この耳でしっかり聞いたぞ」

賄い方吟味役がふざけるなと告げた。

「味見もせぬのに、よくおわかりなことだ」

遠坂が皮肉った。

賄い方吟味役の職務は形骸化《けいがいか》していた。当たり前である。毎日同じ台所人が同じような材料を使って似た料理を作っているのだ。新任の台所人が来たときに確認するだけである。それに御広敷台所に勤める役人には、昼の弁当が出る。もちろん、台所にある材料を使っての余得である。そのときに味付けの確認も概ねできる。将軍へ出すものとは味付けも違うが、弁当での変化がなければ、まず調理に問題はないと判断できる。

賄い方吟味役は、名前だけで実務からもっとも遠い役目であった。

「…………」

台所人と賄い方吟味役はもともと仲が悪い。技術で台所人となった者からしてみれば、何一つ料理も作れないくせに、文句を付けてくる賄い方吟味役は腹立たしいだけであった。しかし、賄い方吟味役にしてみれば、ちょっと庖丁《ほうちょう》が使えるだけでなれ、その上余得が多い台所人は嫉妬《しっと》の対象であった。

「……黙れ。役儀である」

賄い方吟味役が憤怒《ふんぬ》の声を出した。

「味付けを変えたのだな」

もう一度、賄い方吟味役が確認してきた。

「変えたらどうだと」

遠坂が開き直った。

「上様のお召しになる料理は、申し送りに従って作られねばならぬ。それを勝手に変えるなど言語道断、前例をないがしろにするものである。ことと子細によっては、役目を外さねばならぬほどの重大事である」

「ふん」

重々しく語る賄い方吟味役に、遠坂が鼻で笑った。

「上様から、なにか仰せがござったか」

「…………」

賄い方吟味役が黙った。

味見役といったところで、結局は将軍の味覚次第であった。

「よろしくなし」

できあがった料理にだめ出しをしても、将軍が気に入ればそれでよく、

「見事である」

褒めたところで将軍がまずいと言えば、意味がない。

賄い方吟味役は、名目のわりにかなり軽い役目であった。

「しかしだな、今までずっとあの味付けできたのだぞ。それを変えるというならば、一言拙者にあってもしかるべきであろう」

建て前を前面に出して、賄い方吟味役が文句を続けた。

「毎日、お役を果たしていれば、初日に気づいたはずだ。もう、味付けを変えて三日になるのだぞ」

遠坂が役目も果たさず文句を言うなと反した。

「…………」

賄い方吟味役が黙った。

「上様からお叱りがあっても知らぬぞ」

「わかっているさ。そのときは大人しく、もとの味に戻すだけだ」

脅した賄い方吟味役に、遠坂が言い返した。

「……これはご報告すべきであるか」

遠坂たちから離れた賄い方吟味役が呟いた。

四

御台所鷹司信子への目通りが許されたのは、翌日の昼前であった。

「四ツ半（午前十一時ごろ）に、館まで伺候すべし」

御広敷番医師溜《だまり》まで御台所付の表使《おもてづかい》がやってきて、良衛に告げた。

「承知仕りましてございまする」

表使は大奥の出入り、商品の購入など、対外にかかわる一切を担当する。身分は中臈よりも低いが、表役人との応対もおこなうため、切れる女中でなければ務まらず、無事に過ごせば中年寄やお客応答《あしらい》といった上級女中へ出世できた。

「表使さまが、それも御台所さまの」

御広敷番医師溜にいた御広敷番医師たちが目を剥《む》いていた。

「さすがは矢切どのじゃ」

「まこと、南蛮流の秘術を修めた御仁は違うの」

御広敷番医師たちが、口々に良衛を褒めた。

少し前までは、御広敷番医師を束ねる産科の奥医師から妬《ねた》まれた良衛を、そろってはじき出そうとしていたのが、掌《てのひら》を返している。

お伝の方の寵愛《ちょうあい》を受けている良衛に、要らぬ手出しをした産科の奥医師が、その怒りを買い、あっさりと放逐されてしまったからだ。

「御台所さまにも秘術を施されるということでござろうか」

御広敷番医師の一人が訊いてきた。

「御台所さまは、おいくつであられたかの」

「たしか、慶安《けいあん》四年（一六五一）のお生まれであったはず。今年で三十九歳になられたかと」

御広敷番医師たちが数名ずつ集まっては、良衛に来た御台所の呼び出しの理由を話し合った。

「御台所さまには、お褥《しとね》ご遠慮はないが……」

将軍の閨《ねや》に侍《はべ》る女は、おおむね三十歳になると身を退くのが慣例であった。もとは高齢出産に伴う母子の危険を避けるためにできたとされているが、実際はいつまでも一人の寵姫《ちょうき》に権力が集まるのを防ぐためのものである。

要は、一人の側室から将軍の寵愛を剝《は》がし、己のつごうのいい女を宛《あて》がうための手段であった。

家と家との結びつきで婚姻する御台所には、交代がないため、褥辞退の意味がなかった。

「じゃが、最後に上様が御台所さまのもとへ、お見えになったのはいつだ」

歳嵩《としかさ》の御広敷番医師が、誰にともなく、問うた。

「…………」

「知らぬ」

他の御広敷番医師たちが顔を見合わせた。

「調べを……」

「今」

歳嵩の御広敷番医師に言われた若い御広敷番医師が、控えの棚から古い日誌を引きずり出してきた。

御広敷番医師は、奥女中を診る。とはいえ、もっとも重要な役目は将軍がいつ誰に手を出し、その結果どうなったかを確認することであった。

「少なくとも、愚昧《ぐまい》が御広敷番医師になってからはないはずじゃ。五年以前の記録だけを確認いたせ」

「承知」

御広敷番医師溜には、過去の記録が残されている。江戸城に大奥ができてからなので、三代将軍家光以降になるが、かなり膨大な量になる。とはいえ、鷹司信子が大奥に入ったのは延宝《えんぽう》八年（一六八〇）なので、それ以降ですむ。

「……ございませぬ」

しばらく記録を紐解《ひもと》いていた若い御広敷番医師が首を左右に振った。

「むうう」

歳嵩の御広敷番医師がうなった。

「矢切どのよ」

「なんでござろうか」

騒動を他人事《ひとごと》のように見ていた良衛が、歳嵩の御広敷番医師に応じた。

「お呼び出しの心当たりはござるか」

歳嵩の御広敷番医師が尋ねた。

「ございませぬ」

自らお伝の方に頼んだのだ。理由もなにもかもわかっているが、それを話すわけにはいかなかった。

「不意のお召しでござれば、お目にかからなければ……」

困惑の表情を良衛は浮かべてみせた。

「なるほど」

歳嵩の御広敷番医師がうなずいた。

「なれど、よろしいのか。矢切どのはお伝の方さまのご担当であろう」

妾《めかけ》と本妻の間は、悪いのが普通である。とくに大奥は、女の権力争いの激しいところである。

不偏不党を旨とするべき医師でさえ、誰々のかかりつけとして、他の女から忌避されたり、診療をできるだけしないようにするなど派閥があった。

「お伝の方に付いている貴殿が、御台所さまのお召しに応じる。後々面倒なことになるのでは」

「なれど、お断りはできますまい」

「……できぬな」

歳嵩の御広敷番医師が良衛の言いぶんを認めた。

実際はどうであろうが、御台所が大奥の主になる。その招聘《しょうへい》を拒んだら、良衛は御広敷番医師ではいられなくなる。

「そろそろ」

良衛が腰をあげた。

呼び出しの時刻までは、まだ半刻《とき》（約一時間）近くある。いかに御台所の館《やかた》が、大奥の最奥にあるとはいえ、お広敷から小半刻（約三十分）もかからない。が、将軍正室の招きに遅れるわけにはいかない。

良衛はかなりの余裕を持って、大奥へと入った。

下《しも》の御錠口《おじょうぐち》も御台所のこととなると、嫌がらせの一つもできない。

「なぜ、遅れた」

「下の御錠口で……」

御台所から遅参を咎められた良衛が、そう一言でも漏らせば、下の御錠口番すべてが咎めを受ける。たとえお伝の方にすがっても、助けの手は伸ばされない。そして累は実家にまで及ぶのだ。

「先導を務めまする」

下の御錠口番が、良衛の前に立った。

「お願いいたしまする」

良衛が後に続いた。

「お医師、御台所さまのもとへ向かいまする。道を空けなされ」

下の御錠口番が前触れの声を出しながら、奥へと進んでいく。

「……………」

行き交う女中たちが、足を止めて俯《うつむ》いて良衛を見送る。目見え以下の女中となれば、廊下の端で平伏する。

お伝の方のもとへ行くよりも、扱いはていねいであった。

「お館のお方に申しあげまする。医師矢切どのをお連れいたしましてございまする」

館の門前で下の御錠口番が膝を突いた。

御台所ともなると、大奥における住まいは、ちょっとした大名屋敷ほどの規模になった。

居館の周りを縁側が囲み、その内側に畳敷きの入り側と呼ばれる廊下があり、そのなかに二十近い部屋がある。このうち、ほぼ館の中央になる御新殿上段の間、御下段の間、御休息の間が御台所の居室になり、その他にも寝所となる御切形の間、着替えと化粧をおこなう御納戸があった。

「えええい、待たれよ」

館のなかから応答があった。

まさに館というにふさわしい冠木門《かぶきもん》を模した表門が、内側へとゆっくり開かれていった。

「御小姓役《おこしょうやく》、水間《みずま》である。見知りおけ」

出てきた十歳ほどの若い奥女中が尊大に告げた。

小姓は、名門旗本の子女から選ばれ、七歳から八歳くらいで御台所のもとにあがり、十五、十六歳辺りまで身の回りの世話を担当する。将軍でいうところの小納戸役にあたり、年限がきた後、毒味役、献立指図など食事を司《つかさど》る中年寄や、諸大名からの使者の応接をするお客応答へ移った。なかには、乞《こ》われて諸大名の奥へ礼法指南の師として迎えられる者もいた。

「御広敷番医師矢切良衛でございまする」

良衛も両膝を突いて挨拶を返した。

「御台さまがお待ちである。早々に参れ」

「ははっ」

まだ幼い少女が、大柄な良衛を見下ろそうと必死に虚勢を張っている。良衛は頬が緩みそうになるのを我慢した。

門を入ったところが入り側になり、その左手へと水間が進んだ。

十畳ほどの座敷に入ったところで、水間が襖際の下座を示した。

「承知いたしましてございまする」

指定された場所で良衛は大人しく待つことにした。

御台所にすることはなかった。大奥の主といったところで、政があるわけではない。いや、あるにはあるが、面倒な作業は、上臈《じょうろう》年寄や、年寄といった表における老中、若年寄に当たる奥女中がやってくれる。御台所はそのすべてにうなずくだけでいい。

することのない御台所は、一日、お気に入りの女中たちを相手に、和歌を詠んだり、茶を喫したりして過ごしていた。

「御台さま、医師矢切良衛、お目通りを求めておりまする」

水間が御台所鷹司信子に報告した。

「……月を隠すや春の叢雲《むらくも》」

応じず、鷹司信子が下の句を詠んだ。

「お見事でございまする」

「畏れ入りましてございまする」

「ここで控えよ」

鷹司信子を囲むようにして、連歌の会を催していたお付きの奥女中たちが、口々に褒め称《たた》えた。

「そうかえ。月を覆うや春の叢雲とどちらがよいかと悩んだのじゃがの」

鷹司信子がほほえみながら、首をかしげた。

「覆うのほうが、いささか強いように受けますする」

奥女中の一人が、感触を口にした。

「いいや、月という美しきものが主なれば、覆うでは鄙《ひな》びよう。妾は隠すがよいと考えまする」

別の奥女中が違う意見を出した。

「妾にはどちらも素晴らしすぎて、選べませぬ。御台さまのお考えこそ、正解であろうと存じまする」

残った奥女中が、鷹司信子を褒めあげた。

「であるかのう」

鷹司信子が喜んだ。

「…………」

報告したときの姿勢を崩さない水間を放って、しばらく、鷹司信子たちは歌の批評を重ねた。

「……よし。これくらいでよかろう」

半刻ほどしてから、鷹司信子が手を打った。

「案内しや、水間」

ずっと黙っていた水間に、鷹司信子が命じた。

幕府医師になって以来、老中や若年寄、大目付などの相手をさせられて、待たされるのには慣れた良衛であるが、気分のよいものではなかった。

「昼からの診療があるのだが……」

もともと町医者に等しい御家人だっただけに、患者を失うことの怖ろしさをよく知っている。

江戸の庶民は、あまり医者を頼らなかった。薬代が高すぎるというのもあるが、他にもいろいろな経費を上乗せされ、気づけばかなりの請求になっているからだ。

そんななか、良衛は駕籠代《かごだい》も、わけのわからない謝礼金も求めてこなかった。これはわずかとはいえ、禄があるお陰で食べるには困らなかったというのが大きい。

もちろん、赤字になってまで慈善はしなかった。一人に無理をすると、他の者にも同じことをしなければならなくなる。医者の技術はただで学べるものではなく、一度身につけたからそれで終わりではない。医術は日々進化し続ける。昨日まで不治の病だったものが、今日には治ることもある。ただ、それには医者が勉学していなければならないという条件が付く。

新薬の完成、新しい手法の開発、素晴らしい道具の発明、そのどれもを担当している医師が知らなければ、患者にとって病は永遠に不治のままになる。その勉学には金がかかった。

京や大坂、長崎など、江戸より医術の進んでいる土地への遊学、新しい医学を記した本の購入、新薬の手配には、相応の代価が要る。

医業が赤字になれば、このどれも無理になってしまう。冷たいようだが、良衛は父蒼衛《そうえい》から、この点だけは厳しく教えられてきた。

無茶な請求はしないが、しっかりと代金をもらう。

金をもらうというのは、同時に義務も発生する。商人ならば、完全な状態の商品を納める。職人ならば、完品を手渡す。医師は、病を治療するあるいは、症状を緩和する。

いかに安くとも、値段以下の商品は売れないし、使えないものを生みだす職人は排除される。医者も同じであった。

いつまでも治らない、定期的な診察をおこなわない、症状に変化があって訪問あるいは往診を求めたときにいない。

こう患者に思われてしまえば、医師として築きあげてきた名前など、砂の上に建てた屋敷同様、あっさりと崩れてしまう。

「別段、したくてやっているわけでもなし」

幕府医師も舅《しゅうと》である今大路兵部大輔の強引な推薦で就任させられたもので、良衛から望んだわけではなかった。

「命まで懸けて……」

幕府医師になってから、何度命を狙われたかわからない。

「町医者に戻るのもよいな」

無役の小普請御家人が良衛の素である。別段、役目もなく、小普請金という上納金を払っていれば、朝から医業に勤《いそ》しもうとも、文句は言われない。

「まあ役目を蹴《け》って逃げるとなれば、御家人も辞めねばなるまいが、どこでも医者はやっていける」

医者になるのに資格は要らない。江戸から京、大坂へ移っても届け出さえ不要なのだ。

「もう、いいか」

良衛は疲れてきた。

「長崎への遊学も、形になる前に打ち切られたしな。将軍家のお命云々《うんぬん》などという重いものを一人の幕府医師に背負わせるのは違うであろう」

段々、良衛は腹が立ってきた。

「そういうのは、何千石、何万石という高禄をもらっているお方のすることだな」

良衛は柳沢出羽守の顔を思い出していた。

「走狗《そうく》の気持ちなどわかるまい」

「わからぬの」

興奮して少し声が大きくなっていた良衛に、供を連れた鷹司信子が応答した。

「……これはっ」

鷹司信子の姿に気づいた良衛はあわてて平伏した。

「皆、遠慮せい」

鷹司信子が、引き連れた供に手を振った。

「お方さま」

「……それはなりませぬ」

供の奥女中たちが、顔色を変えた。

「大奥で、妾になんぞできるとでも思うのか」

鷹司信子が供たちに問うた。

「ございませぬ」

供の女中としては、否定するしかない。鷹司信子の疑問を肯定してしまえば、供の女中たちはなにをしているのか、となる。

「ですが、医師とはいえ、男と二人きりになられるのは、外聞もよろしくないかと」

供の奥女中が良衛を睨《にら》んだ。

「将軍御台所に、不義を仕掛ける男がおるなら、見てみたいぞ」

楽しそうに鷹司信子が口の端を吊り上げた。

「…………」

平伏を続けたまま、良衛は頬が引きつるのを感じていた。

将軍の御台所に不埒《ふらち》なまねを仕掛けたという噂が出るだけでも、大事になる。良衛は切腹、矢切の家が潰《つぶ》されるだけですむ問題ではなく、姻族の今大路兵部大輔も咎められる。

いや、一子一弥も連座に問われる。さすがに女の妻弥須子は死罪にならないだろうが、一弥はまちがいなく命を奪われる。

どれほどの美女であっても、一人だけの命ですまないとあれば、手出しなどできるはずはなかった。

「他の者が、口さがないことを囀いたすやも知れませぬ」

暗にお伝の方のことを奥女中が指摘した。

「心配性じゃな、於亀《おかめ》は」

鷹司信子が笑った。

「こやつはお伝の紹介ぞ。なにかあれば、お伝にも責は行く。もし、こやつが妾に指一本でも触れてみよ、いかに将軍家お気に入りとはいえ、ただではすまぬ。それもおもしろいかも知れぬ」

すっと笑顔を鷹司信子が消した。

「…………」

供の女中たちが息を吞んだ。

「三度は言わぬ。席を外せ」

「はっ」

「御免を」

供の女中たちがそそくさと出ていった。

「さて、医師、矢切であったの」

「はっ」

「走狗の気持ちがわかるまいと言っておったようだが、ならば、そなたは飾りの気持ちがわかると申すか」

顔を上げていない良衛に、鷹司信子が問うた。

「いろいろと命じられ、無理をさせられる走狗も辛《つら》かろう。だがな、何一つさせてもらえず、絶えず周りを囲まれ、厠《かわや》、風呂《ふろ》でさえ他人がおる。他人の尻拭《しりぬぐ》いをさせられるのと、他人に尻を拭《ふ》かれるのと、どちらがきつい」

「それは……」

良衛は答えられなかった。走狗が辛いと言えるのは確かだ。飾りは生きていくために金を稼がなくてもいいし、家族の面倒も見なくてすむ。だが、それは経済の問題であり、心の話ではない。

「分じゃ。分をわきまえるしかない。人にはそれぞれの分がある。妾の分は、京から江戸へ送りつけられ、雅《みやび》とは遠い日々を過ごすこと。死ぬまで故郷を、京を見ることさえ許されぬ。そなたにはそなたの分があろう。それが走狗であったというだけ」

　厳しい言葉を鷹司信子がかけた。

「飾りでも走狗でも、要りようとされている間が華じゃ。いずれ、妾もそちも要らなくなるときが来る。それまでの分ぞ、辛抱せい」

「畏れ入りましてございまする」

　良衛は鷹司信子の怖ろしさを見せつけられた。

「さて、で、本日は何用じゃ」

　険しい雰囲気を一瞬で消し去って、鷹司信子が訊いた。

第二章　遺物の想い

一

牛込《うしごめ》の外れに、陋屋《ろうおく》といっても文句は出ないだろう小さな屋敷があった。

「そうか」

荒れ放題の庭に立つ中年の侍が呟《つぶや》くように言った。

「安田《やすだ》の屋敷を医者が訪ねてきた……気づかれたな」

「おそらくは」

中年の侍の前で膝《ひざ》を突いているのは、先日安田のもとを訪れた良衛《りょうえい》に屋敷の場所と今は遠国《おんごく》勤務でいないということを教えた小者《こもの》であった。

「跡を付けたであろうの」

「はい。御広敷番医師《おひろしきばん》の矢切《やぎり》良衛という者でございました」

問われた小者が告げた。

「御広敷番医師……奥医師ではなかったのか。御広敷番医師は申し送りから外れていたな、そういえば。大奥の女を診るだけの医師が上様へかかわることはないと思いこんでいたわ。油断であった」

中年の侍が後悔のため息を吐いた。

「ご苦労であった」

「いえ」

ねぎらった中年の侍に、小者が頭を垂れた。

「何人集められる」

「三日いただければ十人は」

訊《き》かれた小者が答えた。

「十人……か、祖父が生きていたころの四分の一にも届かぬとはの」

「委細を伝えず、代替わりした者も多く」

嘆く中年の侍に、小者が申しわけなさそうにした。

「いや、愚痴であった。禄《ろく》もなく十人も残っていることを喜ぶべきじゃ」

中年の侍が気合いを入れ直した。

「久吉《ひさきち》、十人のうちから四人を割いて、新居《あらい》と大坂《おおさか》へ回せ。もとの台所人の口を封じさせよ」

「承知 仕《つかまつ》りましてございまする」

指図を受けた久吉がうなずいた。

「残りで、医師と……を片付ける」

わざと名前を出さず、間だけで中年の侍が表現した。

「………」

無言で久吉が首を縦に振った。

「あと少しで、お役ご免になれたものを……」

「中根《なかね》さま……」

苦く頬をゆがめる中年の侍を久吉が気遣った。

「これも定めなのだろうよ。祖父壱《い》岐守《きのかみ》にかわいがられた孫としてのな」

「………」

大きく息を吐いた中年の侍を泣きそうな顔で久吉が見上げた。

「二代将軍秀忠《ひでただ》さまに見いだされ、三代将軍家光《いえみつ》さまによって引き立てられた中根の家。その裏を司《つかさど》るように育てられた儂《わし》、中根新三郎長盛《しんざぶろうながもり》、最後のお役目とする」

決意を中根新三郎が見せた。

「はっ」

「行け」

手を振って久吉を去らせた中根新三郎が、天守閣を失ったとはいえ天下人の居城として威容を見せつける江戸《えど》城へと目をやった。

「ご遺命を守るとはいえ、その血を引くお方を手にかけることになるとは、祖父への寵愛《ちょうあい》、中根本家の出世に対する応報かの」

中根新三郎が、小さく笑った。

「このような因果な役目を継がせたくないと独り身を貫いてきたが……人気のなさが身に染みる」

孤独に中根新三郎が瞑目《めいもく》した。

良衛は背中を伝う汗を感じていた。

「で、伝《でん》からなにを言われてきた。妾《わらわ》に毒でも盛るか」

楽しそうに鷹司信子《たかつかさのぶこ》が笑った。

「とんでもないことを仰せでございまする」

「冗談じゃ、冗談。今の伝が妾をどうこうしようとなど思うはずはない。もちろん、妾もの」

顔色を変えた良衛に鷹司信子が手にしていた扇を振った。

「納得いかぬかの」

反応に困っている良衛を見た鷹司信子が首をかしげた。

「いや、実際のところ、神田館《かんだやかた》におったころは、邪魔だと思っておったわ。宰相《さいしょう》どの、ああ、当時の将軍家じゃぞ、宰相どのの寵愛をよいことに、奥を我が物顔でうろつきおった。まったく、正室たる妾に少しの遠慮でも見せればかわいげのあったものを」

思い出したのか、鷹司信子の声が尖《とが》った。

「今は……」

恐る恐る良衛が尋ねた。

「今かえ……そうじゃなあ、ともに将軍家を支える者といったところか」

どう表現していいかと悩んだのか、少し考えて鷹司信子が答えた。

「……はあ」

「わからぬか、そうか、わからぬであろうの」

微妙な表情の良衛に鷹司信子が何度もうなずいた。

「それが分というものぞ」

鷹司信子が良衛を睨《にら》んだ。

「……畏《おそ》れ入りまする」

良衛が首をすくめた。

「ふん、理由《わけ》を教えてやる。将軍家というのは、一人ではない。御台所《みだいどころ》、側室など大奥の女どもを含めて将軍家じゃ」

「…………」

「将軍の仕事でもっとも大切なものはなんじゃ」

怪訝《けげん》な顔をした良衛に鷹司信子が質問した。

「代を継がれることだと存じあげまする」

「さすがに御広敷番医師じゃの、わかっておる」

満足そうに鷹司信子が首を縦に振った。

「だがの、男というのは不便なものじゃ。女の腹を借りねば、子を作れぬ。女も男の精を胎内に受けぬと孕《はら》めぬので、同じだがの」

鷹司信子が笑った。

「女として、夫が他の女を閨《ねや》に呼ぶのは、よい気のものではない。だが、将軍の正室としてならば、歓迎せねばならぬ。哀しいことだが、妾は子を宿せなかったのだ。それに比して伝は二度も子を産んだ。神田館のころならば嫉妬《しっと》できても、大奥へ入った以上、それは褒めるべきなのだ」

言いながら鷹司信子は口の端を震わせた。

「知っておるか、将軍家の子供は誰が産んだかはかかわりない。すべて御台所の子供になる。もちろん、形だけの養子だがの」

「さようでございまするか」

知らない話に良衛が興味を見せた。

「徳松《とくまつ》も妾の子じゃ。短い間ではあったが、毎朝、妾のもとへ挨拶《あいさつ》に来ての、精一杯の声で機嫌を伺ってくれた。小さな子が無理しておる様子ほど、可愛いものはないぞ」

鷹司信子が頬を緩めた。

「吾《わ》が腹を痛めた子ではないが、幼子というのは愛《いと》しいもの。妾が徳松を慈しめば、伝も喜び、妾へ敬意を示すようになる。表だって、茶を共にするほど仲良くはないが、敵対はせぬ。そうでなければ、我らとまったくかかわりのない者に将軍位が行ってしまうではないか。赤の他人より、吾が夫の血筋がよいのは当たり前であろう」

「仰せの通りでございまする」

良衛の納得がいった。

「無駄話であったの。あまり二人きりでは、皆が心配する。用件を申せ」

鷹司信子が話をもとに戻した。

「御他言無用……」

言いかけた良衛が止まった。鷹司信子の目が氷のような光を放ったことに気づいたのだ。

「ご無礼を申しました」

「妾の口を軽いと思っておるのではないの」

「もちろんでございまする。ことがことでございますので、くせになっておりまして」

確かめるような口調で脅す鷹司信子の前で良衛はまた汗を掻《か》いた。

「くせならば仕方ないが、妾を疑うようなまねは許さぬ。次はないぞえ」

鷹司信子が釘《くぎ》を刺した。

「承知いたしましてございまする」

良衛は深々と頭を下げた。

「……ではないかと考え、甲府《こうふ》藩の者と面談をいたしたく、お伝の方さまにお願いをいたしましたところ、御台所さまにおすがりするがよいとのご助言をいただき」

事情をようやく良衛は説明できた。

「なんともはや、甲府もか」

聞いた鷹司信子があきれた。

「確実ではございませぬが、前の甲府宰相さまのお亡くなりかたにいささかの疑念を抱かずにおれませぬ」

良衛が述べた。

「さすがは医師よな。おもしろいところに目を付けやる。それで、先日の鱚《きす》の話になるのだな」

「はい」

綱吉《つなよし》の食事に御広敷番医師の良衛は手を出せない。どのような味付けをしているのか、どのような献立になっているのか、まったくわからないのだ。幸い、御台所は朝食だけだが、将軍と同じ献立と決まっている。

魚偏に喜ぶと書く鱚は縁起ものとして、将軍家と御台所だけに朝、供される。そこから良衛は綱吉の味付けを知った。

「申しわけございませんでした」

おかずを一品取りあげたことになる。良衛は謝罪した。

「かまわぬ。あのように濃く、生臭いものを妾は好まぬ。大奥へ入った翌日だけは我慢したが、以降、ずっと猫の餌じゃ」

鷹司信子が嫌そうな顔をした。

「それはよろしゅうございました。あのような濃いものを続けて召しあがられては、血の道がおかしくなりまする」

良衛が安堵《あんど》した。

「……おもしろいの、そなた」

「とんでもないことを」

にやりと笑った鷹司信子に良衛がおののいた。

「誰ぞ、筆を持ちやれ」

鷹司信子が手を叩《たた》いた。

「ただちに」

すぐに水間《みずま》が筆と硯《すずり》、巻紙を用意した。

「うむ」

受け取った鷹司信子が書状を認《したた》めた。

「これを甲府館へ持っていくがよい」

書状を鷹司信子が、良衛へと渡した。

「今の甲府どのの簾中《れんじゅう》は、近衛《このえ》家の姫での。妾の又従姉妹《いとこ》にあたるのだ。江戸へ嫁してきたころは、心細かったのか、よく妾を頼って参った。妾の求めならば、熙子《ひろこ》が拒むことはない。あとは、熙子に頼みや」

鷹司信子が言った。

「御簾中さまへ」

良衛が唖然《あぜん》とした。

武家で将軍の妻を御台所、御三家、将軍の兄弟、甥《おい》の家柄の妻を簾中と呼んだ。甲府参議徳川綱豊《つなとよ》の正室は、五摂《ごせつ》家筆頭の近衛家から来た姫であった。

「ついでに、熙子の調子も診てやってくりゃれ。かなり江戸へ来るのを嫌がっておったからの。気疲れがたまっておるかも知れぬ」

京の公家《くげ》、それも五摂家という天皇とも血の繋《つな》がりの濃い名門は、武家を下に見る。もともと武士が公家の荘園《しょうえん》を守る番人から発生したというのもあるが、いまだに武家は教養も、雅《みやび》も理解しない田舎者だと思いこんでいる者が多い。

屋敷どころか、自室からほとんど出たこともないような箱入りの姫が江戸へ下向しなければならなくなるのは、たしかに辛《つら》い。

「なにせ今でも江戸では刀で斬り合いをしていると思いこんでおったからの、熙子は」

「はあ」

大坂の陣からでも七十年近いのだ。刀を抜いている者などまずいない。良衛は間抜けな相づちを打った。

「さすがに最近は落ち着いたろうがの」

鷹司信子が熙子を気遣った。

「妾からの医師見舞いという形を取ればよい」

「よろしゅうございますので」

言われた良衛が驚いた。

医師見舞いとは、主君、あるいは目上筋から、体調の悪い者のもとに信頼する医師を向かわせることだ。

三代将軍家光が病に倒れた伊達政宗《だてまさむね》のもとに医師を出した話は有名である。残念ながら、伊達政宗は天寿であったため、家光の心遣いは無になったが、これは家臣や配下にとって何よりの誉れであった。

やはり三代将軍家光が寵臣堀田加賀守正盛《ちようしんほつたかがのかみまさもり》のもとへ初代奈須玄竹《なすげんちく》をやり、おかげで病が癒《い》えた。この恩だけではないが、堀田加賀守は家光に殉死している。それも当然だと世間が思うほど、医師見舞いは重い。

また見舞い医師として出される者も名誉であった。それこそ天下の名医と認められたも同然なのだ。

良衛が目を剝《む》いたのも無理はなかった。

「なに、妾の医師見舞いならば、甲府館の者どもも止められまい」

御台所が又従姉妹に出した見舞い医師を遮れる者など、将軍しかいない。

「ありがとう存じまする」

良衛が感激した。

「でじゃ、そなたが名医かどうかを、妾は確かめねばならぬ。診よ」

鷹司信子が良衛に命じた。

「御台所さまのお脈を取るのは奥医師で、御広敷番医師の愚昧《ぐまい》では……」

「建て前などどうでもよい。さっさといたせ」

とんでもないと手を振った良衛を鷹司信子が抑えこんだ。

「……はい」

御台所の指図とあれば拒めない。良衛は膝で鷹司信子の側へと寄った。

二

御台所の医師見舞いとはいえ、いつでもどうぞというわけにはいかない。高貴な方からの見舞いは、受けるほうにもそれなりの準備が要る。

家光の医師見舞いを受けた伊達政宗は、まず沐浴《もくよく》し、髪を整え、夜着から羽織袴《はおりはかま》に着替えてから、医師と会ったという。その無理が政宗の死期を確実に早めたといえる。が、そういうものなのだ。

「日時が決まったら、報《しら》せを出すゆえの」

良衛の診察を受けた鷹司信子が、良衛に言った。

「かたじけのうございまする」

良衛は平伏して感謝した。

「その代わり、十日に一度は妾を診よ。どうも、あの奥医師は頼りない。直接、妾に触れることもできぬし、毎朝、脈を計り、目の色を見て、舌を出させるだけ。それで大事ないと言われてもの」

鷹司信子が文句を漏らした。

「ありがたき仰せながら、愚昧、お伝の方さまのもとに日参……」

「まず、妾のもとへ参ってから、伝のところへ行けばよい」

なんとか断ろうとした良衛を鷹司信子は許さなかった。

「…………」

大奥の正統な主《あるじ》と、将軍の寵姫《ちょうき》の住居は離れている。当人同士はどうであれ、どうしてもそれぞれのもとにいる配下たちは競い合ってしまう。いや、いがみ合ってしまう。

下がもめれば、影響は上にも来る。どころか大奥全体を揺るがしかねない。なるべく互いを会わさぬよう、御台所の館とお部屋さまの局《つぼね》は、両端に置かれるのが慣例であった。

大奥は庭も含めてだが、七千坪近い。その両端となれば、かなりの距離がある。そこを移動しなければならない。良衛は心のなかでため息を吐いた。

「御医師」

水間が良衛に御の字を付けた。

「御台所さまのお身体によい食べものは、さきほど聞いたが、どのくらいの頻度で出せばよいのじゃ」

献立も小姓《こしよう》の仕事である。水間が良衛を医師として認めた。

「お野菜は、季節のものを毎日、三度に分けて、一日できれば百匁ほどをお召しあがりいただきたく。また、同じものを続けるのではなく、色の違うお野菜をお出し願いたい」

「色の違うとは」

「青い菜ばかりではなく、黄色いかぼちゃ、茶色の牛蒡《ごぼう》、赤い人参《にんじん》などでござる」

「なるほど」

水間が良衛の注意を紙に記していく。

「生でお召しあがりになるときは、何度も水を替えて洗っていただきますよう。火を入れるときは、通し過ぎないようにご注意願いまする。生姜《しようが》や大蒜《にんにく》などの匂いものも少しはお使いくださいませ。大蒜は生で食すると胃を痛めることもございますゆえ、かならず火を」

「あまり御台所さまは、匂いものを好まれぬ」

「匂いものは身体の冷えを癒《いや》しまする。少しでもお召しあがりいただきますよう、魚を煮るときに加えるとか、小さくすりおろして目立たぬようにするとか。お気づきにならなければ……」

「なるほど、それもよしかの」

「聞こえておるぞ」

良衛と水間の遣《や》り取りに、鷹司信子が口を挟んだ。

「……魚と鳥は、五日に一度くらいはお膳《ぜん》に」

「鳥は嫌いじゃ」

相手をせずに水間へ話した良衛を、また鷹司信子が邪魔した。

「ご辛抱くださいませ。御台所さまのお身体の御為でございまする」

「さようでございまする」

「むう」

良衛と水間の二人に言い返された鷹司信子が膨れた。

「また、なにかあればお伺いしても」

「午前中は御広敷番医師溜《だまり》におりまするゆえ、お声をおかけくださいませ」

願った水間にうなずいた良衛は鷹司信子へと身体を向けた。

「お目通りありがとう存じまする。では、これにて」

良衛が失礼すると一礼した。


医師見舞いを受ける。それも御広敷番医師なのだ。甲府参議家の浜屋敷《はまやしき》はちょっとした騒ぎになった。

「いかに御台所さまとはいえ、甲府家の奥にお口出しはいささか失礼でござろう」

「お断りすべきである」

「聞けば、見舞い医師は、お伝の方さまお気に入りの南蛮《なんばん》流産科術だとか。そのような者をよこすなど、御台所さまは、御簾中さまが子を産めぬとお考えか」

浜屋敷の奥に務める女たちが不満を口にした。

「御簾中さまは、豊姫《とよひめ》さまをお産みぞ。一人の子も儲《もう》けておられぬ御台所さまとは違うわ」

甲府参議徳川綱豊の正室、近衛熙子は延宝《えんぽう》九年（一六八一）に女子を産んでいた。残念ながら、豊姫と名付けられた女子は、二ヶ月たらずで夭折《ようせつ》してしまったが、近衛熙子には、出産の経験があった。

「お断りして参れ、そこまで言えるならばの」

ことを大きくしている奥女中たちに、美しい裲襠《うちかけ》を身につけた奥女中が、苦い顔をした。

「……………」

「大江《おおえ》さま……」

口々に不満を述べていた奥女中たちがうつむいた。

「わかっておるのか。御台所さまは御簾中さまと又従姉妹の間柄であらせられる。御台所さまの悪口は、御簾中さまへのものと心せよ」

「申しわけもございませぬ」

「あさはかなことを口にいたしました」

「まったく、そなたたちの言動が御簾中さまのご評判に繋がるということを心せよ」

詫《わ》びる奥女中たちに、大江と呼ばれた身形《みなり》の立派な奥女中が諭した。

騒いだのは奥女中だけではなかった。甲府参議家のお抱え医師たちは、奥女中以上に慌てていた。

「我らが役立たずだと……」

「将軍家にまで悪評が届いた……」

甲府参議家のお抱え医師たちが愕然《がくぜん》としていた。

見舞い医師が来る。それはお抱え医師では治療できないと、幕府あるいは主君が考えたからである。つまり、良衛が見舞い医師として来るとわかった段階で、お抱え医師たちは天下に恥をさらしたことになる。もっともこれが将軍の侍医、奥医師ならばさほどの問題にはならなかった。

奥医師は天下の名医、日本でもっとも優れた医師でなければなれないのが建て前になっている。実力は逆転していても、表だってはお抱え医師が奥医師よりも未熟になる。その未熟なお抱え医師では治らないので、天下の名医が出てくるのは当然なのだ。

奥医師の見舞いは、お抱え医師にとって不名誉でもなんでもなかった。

ところが、今回の見舞い医師は御広敷番医師でしかない。たしかに御台所の推薦で、将軍寵愛の側室お伝の方の主治医ではあるが、それでも格が低い。

この見舞い医師を受け入れてしまえば、お抱え医師たちは藪《やぶ》医者だと世間にとられても文句は言えなくなった。

「どういたそうぞ、ご一同」

お抱え医師たちのまとめをしている老年の医師が問うた。

「…………」

「お断りはできぬしの」

顔を見合わせてお抱え医師たちが困惑した。

要らぬ手出しをと御台所の厚意を断ることなどできなかった。御台所は将軍より格下になるが、御三家の当主に並ぶ権威を持っている。三代将軍家光の孫にあたる甲府家のお抱え医師とはいえ、御台所への目通りはかなわない。目通りさえできないほどの差があるだけに、御台所の意志は決定と同じであった。

「良い手はないか」

老年の医師が一同を見回した。

「愚昧の意見をお聞きいただきたし」

壮年の医師が声をあげた。

「白道《はくどう》どのか、お聞かせ願いたい」

老年の医師が許可をした。

「御台所さまのお見舞いをお断りすることはできませぬ。ですが、こちらからではなく、あちらから断っていただけばすみましょう」

「……それをどうするかであろうが。そのための方法はないかと、今はお尋ねしておるのだぞ。具体的な話をしてくれ」

白道の意見を聞いた老年の医師があきれた。

「お待ちあれ」

老年の医師が興味を失ったことに、白道が焦った。

「御台所さまではござらぬ。見舞い医師でござる」

「なにっ、見舞い医師に断らせる……」

老年の医師が怪訝な顔をした。

「自ら断ってもらうのが何よりではございますが……御台所さまのご推挙とあれば、なかなかに難しゅうございましょう」

「……ふむ」

そこまで言われて、気づかないようではお抱え医師という気遣いの多い役目はできない。老年の医師がうなった。

「……一応、辞退されてはいかがかとお勧めはせねばなるまいの」

いきなり襲うわけにはいくまいと老年の医師が口にした。

「いや、それはいかがかと」

ふたたび白道が首を横に振った。

「なぜじゃ」

老年の医師が機嫌を悪くした。

「そのようなことをいたしては、我らが邪魔をしようとしていると相手に報せることになりましょう」

忠告は相手を警戒させるだけだと、白道が否定した。

「たしかに、そうじゃな。となると、いきなり見舞い医師をどうにかせねばならぬが……ここにおる者で覆面をしてとでもいうのか」

白道の言いぶんを納得した老年の医師が、具体的にどうするのかを問うた。

「まさか、そのような荒事が我らにできようはずはございませぬ」

「他人《ひと》と争うなど、とんでもない」

「愚昧は武芸の心得などござらぬ」

できるのかと訊くように一同の顔を見た白道に、皆があわてて首を左右に振った。

「愚昧もじゃ」

老年の医師もできないと述べた。

「では、誰かできる者を雇わねばなりませぬな」

白道が述べた。

「そのような者と伝手《つて》はあるのか」

険しい顔で老年の医師が尋ねた。

「ご一同の患家《かんか》にその手の者は」

それには答えず、白道が一同に質問した。

「あいにく産科でござれば、男の患家はおらぬ」

「愚昧のところも口中科ゆえ、年寄りばかりでござってな」

医師たちが伝手はないと告げた。

「杢然《もくねん》先生はいかがでござろう」

白道が老いた医師へと顔を向けた。

「愚昧は本道じゃでな。いろいろな患家がおる。とはいえ、なかなかそういったかかわりのある者かどうかは、わからぬでの」

杢然と言われた老年の医師が難しいと表情をゆがめた。

「では、御一同、愚昧にお任せいただいてもよろしいかの」

「やむを得ぬの」

「お願いいたそう」

白道の求めに、杢然たちが首肯した。

「いささか、費用がかかりますぞ」

ただではないと白道が釘を刺した。

「いかほどでござろうや」

若いお抱え医師がおずおずと訊いてきた。

「二十両はかかりましょう」

「それくらいならば……」

費用を聞いた若いお抱え医師が、一同の数を考えながら安堵した。

お抱え医師は全部で五人いた。二十両を五人で分担したら、一人当たり四両になる。

「一人当たりでござるぞ」

「えっ……」

「それは……」

白道の言葉に、若い医師だけでなく、他のお抱え医師も啞然となった。

「人一人、どうこうするのでございますぞ。それくらいは要りまする」

「説得だけならば……」

当たり前のことだろうとする白道に、若い医師が口を出した。

「貴殿ならば、御台所さまの命《めい》を、言われただけで取りやめますかの」

「…………」

白道に突っこまれた若い医師が黙った。

「おわかりか。説得の無駄さを」

「……申しわけなし」

冷たい目で見られた若い医師が下がった。

「今更、申しあげずともおわかりでございましょう。説得は無駄、となれば力ずくしかありますまい」

氷のような目で白道が皆を見た。

「そこまでせずとも……」

若い医師が逃げ出そうとした。

「なにを今ごろになって」

白道が若い医師を睨んだ。

「医師が人を力ずくでどうこうするなど、してはならないことでございましょう」

「ここまで話をして、逃げ出せるとでも」

若い医師が建て前を口実にしたのを、白道が鼻先で笑った。

「な、なにを……」

「まず、貴殿を説得せねばなりませぬかの」

怯《おび》える若いお抱え医師へ白道が笑った。

「……御一同」

若い医師が同僚たちに救いを求めるように声を出した。

「…………」

「和を乱されては困るの」

黙って目を逸《そ》らされるか、一人逃げるなどは許されないと言われ、若い医師へ手を差し伸べる者はいなかった。

「……わかりましてございまする」

味方がいない。あくまでも抵抗すれば、生きて帰れるかどうかわからない。若いお抱え医師が肩を落とした。

「では、早速に手配を。打ち合わせをいたしましょうかの、杢然先生」

白道がお抱え医師たちの控え室を出ようと杢然を誘った。

「よろしかろう」

杢然が腰を上げた。

浜屋敷にいるお抱え医師は、皆、開業医であった。甲府参議家から出される扶持《ふち》米《まい》は少なく、それだけで喰《く》っていくには辛いからだ。

「杢然どのよ」

控えを少し離れた廊下の隅で白道が足を止めた。

「うむ。まずいの」

杢然が辺りを気にしながらうなずいた。

「まあ、今までよく保《も》ったものだと思わねばなるまい」

「そうには違いござらぬが、どこから漏れたかを把握しておかねばなりますまい」

ため息を吐いた杢然に、白道が厳しい声を出した。

「毛を吹いて疵《きず》を求めるにならぬかの」

要らぬ騒動を起こすことになるのではないかと、杢然が懸念を表した。

「将軍家からなれば、どうして甲府にまで手が伸びたか、気にはなりませぬので」

「気にはなるの」

杢然も同意した。

将軍を害そうとしているとばれても、その影響が甲府藩へ及ぶとは考えられなかった。

「我らの名前も明らかになっているのではなかろうな」

「それを確認せねばなりませぬ」

不安そうな杢然に白道が加えた。

「どうやって調べる」

杢然が問いかけた。

「見舞い医師から聞き出すしかございますまい」

「事情を見舞い医師は知っていると……」

「そう考えて対応すべきでしょう。おそらく、甲府藩にも問題があるとは思われておりましょう。ただ、それが我らのことだとはわかっていないはずでござる」

「なぜ、そう言える」

杢然が不安そうな表情をした。

「わかっているならば、見舞い医師など寄こさず、いきなり目付が来ましょう」

白道が答えた。

目付は幕府の旗本の監察を役目とする。ために諸藩の家臣を捕まえることはない。

だが、将軍家の身内衆として禄を与えられている甲府家は大名ではなく、家臣たちも旗本格扱いを受けるため、目付の支配を受けた。

「確かにそうか」

目付ではなく、探索も観察も捕縛もできない医師が来る。というのは、目付が出ていくために要る証拠を探すためだと、杢然も理解した。

「いけると思うか」

「やるしかないでしょうに」

確認するような杢然に白道が苦い顔をした。

「まさか、逃げ出すおつもりではございますまいな」

「……いや、それは」

白道に問い詰められた杢然が目を逸らした。

「ここまで来て、一人だけ助かろうなんぞ、酷《ひど》い限りでござるぞ。もともとは吾が父が受けた命で、愚昧はかかわりなかったものを、父が死んで跡を継いだ愚昧を巻きこんで、姫君を害させたのは貴殿でござる」

「…………」

杢然が黙った。

「愚昧一人が罪を背負う気はござらぬぞ。いざとなれば、貴殿も一緒じゃ」

言葉遣いを荒いものにして、白道が杢然を罵《ののし》った。

「わ、わかっておる。我らは一心同体じゃ」

杢然があわてて首肯した。

「ふん」

その様子に白道が鼻を鳴らして、離れていった。

「……あれが若さだな」

一人残った杢然が呟いた。

「儂も三代さまから直接ご命をいただいたとき、興奮と使命感で震えたわ。しかし、ときが経つにつれ、恐怖が湧きあがってきた。白道の父白悦《はくえつ》が死んだとき、そのまま流してしまおうとも考えたのだが……儂一人で背負うだけの覚悟がなかった。一人で背負うより、二人が楽だと、息子まで巻きこんだ」

遠くなっていく白道の背中に杢然が独りごちた。

「千両では安かったわ」

杢然が瞑目した。

三

今回の医師見舞いは、御台所の格になる。

良衛は、一度江戸城へ出て、御広敷から御台所館が所有する使者用の駕籠《かご》に乗りこみ、平川《ひらかわ》門を出て、浜屋敷へと向かうことになる。

「慣れぬなあ」

屋敷で小者の三造《さんぞう》に手伝ってもらいながら、良衛は羽織袴を身につけていた。

「ご名誉のお役目でございまする。ご辛抱くださいませ」

三造がたしなめた。

医師は法外の官とされている。さすがに将軍へのお目見えなどでは、正装を身につけなければならないが、普段は十徳《じっとく》に馬乗り袴で許される。これは、少しでも早く患者のもとへ駆けつけるため走りやすいように、簡単に袖《そで》が捲《まく》りあげられることで処置の邪魔にならないようにとの配慮からであった。

とはいえ、見舞い医師は御台所の名代になる。名代がみょうな姿では、御台所の名前に傷が付く。そしてなにより、見舞い医師というのは、急を要するものではない。もともと主君筋からの気遣いとして出されるものなので、急患を相手にはしない。どちらかというと、もう望みがない患者へ出されることが多い。

今回の良衛のような、甲府家に病人がいないという状況は、まさに異例であった。

「……お似合いでございまする」

三造が満足げに用意のできた良衛を見つめた。

「動きにくいわ」

両肩を回した良衛が文句を言った。

「さあ、参りましょうぞ」

それを無視して三造が、薬箱を手にした。

「まったく……」

子供のころからどころか、おしめを換えてもらったこともあるだけに、良衛は三造へ強く出られない。口のなかで不満を漏らしながら、良衛も門を出た。

「急ぎましょうぞ」

三造が良衛を促した。

「……駄目なようだぞ」

良衛が三造を止めた。

「のようでございますな」

すぐに三造も気づいた。

「いい加減にして欲しいものだ」

何度目になるかわからない襲撃に、良衛は心の底からため息を吐いた。

「若先生の晴れの日に来ずともよいものを」

三造も怒った。

「こっちのつごうを、考えてくれたことなどなかろうが」

「さようでございましたな」

あきれた良衛に、三造が同意した。

「これを遣え」

良衛が三造に差していた脇差《わきざし》を手渡した。

「若先生は……」

医師としての出務のため、良衛は太刀を持ってきていなかった。

「尖刀《せんとう》を遣う。最近は、太刀よりもこちらの登場が多くてな。慣れた」

良衛は襟に縫いこんであるものではなく、三造から脇差の代わりに受け取った薬箱のなかから取り出した尖刀を両手に握りこんだ。

「医者の矢切良衛だな」

近づいてきた浪人が問うた。

「そうだ。幕府医師矢切良衛である」

役人という肩書きを表に出すことで、相手が引いてくれることを良衛はわずかに期待した。

「ならばよし」

浪人が太刀を抜いた。

「ふっ」

退く気がないとわかった良衛は無造作に右手の尖刀を投げた。

「……っ」

いきなり飛び道具を遣われると思っていなかった浪人が、喉《のど》を貫かれて死亡した。

「山路《やまじ》氏」

「こいつ、卑怯《ひきよう》な」

残っていた浪人四人が顔色を変えた。

「生き死にに、卑怯も未練もない」

良衛が氷のような声で宣した。

「さようでございまする」

三造が抜いた脇差を右手だけで持って、前へ出た。

「爺《じじい》、冷や水をするな」

一人の浪人が太刀で三造を追い払おうとした。

「ふん」

あっさりと太刀をやり過ごした三造が、素早く間合いを詰め、脇差を薙《な》いだ。

「あぐっ」

踏み出した左足の膝上を割かれた浪人が転んだ。

「なんだと」

「できるぞ、こいつら」

「ただの医者坊主じゃなかったのか」

残った浪人たちが、顔を見合わせた。

「数が足りぬぞ」

浪人の一人が、別の浪人を見た。

「いたしかたなし。分け前は減るが……おい」

小さく息を吐いた浪人が、右手を上げた。

「出番でやすかい」

無頼がぞろぞろと出てきた。

「手伝え」

手を上げた浪人が指示した。

「お仕事でやすか。お金はくださるんでしょうね」

無頼の頭がいやらしく唇をゆがめた。

「一人頭一両だ」

「二両」

浪人の言い値に、無頼の頭が指を二本立てた。

「足下を見るな」

浪人が怒った。

「いや、稼ぎどきを逃がす……ぐえ」

下卑た笑いを浮かべていた無頼の頭が崩れ落ちた。

「へっ」

浪人が間抜けな顔をして、良衛を振り向いた。

「修羅場でよそ見をするとは、いい身分だな」

良衛は残りの尖刀をこれ見よがしに閃《ひらめ》かせた。

「てめえ、よくも兄貴を」

頭を失った無頼たちが、憤った。

「やっちまえ。やられたら、やりかえすのが掟《おきて》だ」

「あの医者坊主をやったのが、兄貴の仇《かたき》を討ったということで次の頭だぞ」

「よっしゃあ」

無頼たちが血相を変えて、良衛へと向かって来た。

「八人か」

良衛が残りの敵を数えた。

「ちと多いですな。一度屋敷へ戻りましょう」

屋敷に戻り門を閉めれば、武器を手配するくらいの時間は稼げる。三造の提案は妥当なものであった。

「そうはさせぬ」

浪人が二人の後ろへと回りこんだ。

「しゃっ」

素早く良衛が尖刀を投げた。

「わかっていれば、このていど」

しかし、尖刀は浪人にかわされた。

「ちい」

良衛が歯がみをした。

「よし、挟み撃ちだ。やっちまえ」

浪人が無頼たちへ合図をした。

「ひゃはあ」

「俺が次の頭だ」

無頼たちが狂喜しながら、良衛と三造へかかっていった。

「させねえよ」

そこへ影が割りこんだ。

「卯吉《うきち》」

良衛が気づいた。

「くらえっ」

手にしていた匕首《あいくち》を卯吉が先頭の無頼の腹へ叩きこんだ。

「ひゃあ」

間の抜けた声を出して、無頼が転がった。

「わあ」

「危ねえ」

勢いづいていた無頼たちが、倒れた仲間に足を取られた。

「三造」

「承知」

好機を見逃すようでは、生き残っていけない。良衛と三造は先祖が戦場で身につけた我流の剣術ながら、実戦を生き抜いてきた。

良衛と三造が同時に飛び出し、たたらを踏んだ無頼たちに襲いかかった。

「わっ」

「ま、待って……」

体勢を崩した無頼たちに、良衛と三造を防ぐ余裕はなかった。たちまち二人が、喉を裂かれて崩れた。

「ひっ」

「化けものだ」

あっという間に三人が削られた。残った二人の無頼が蒼白《そうはく》になった。

「まだ来るか」

良衛が殺気をぶつけた。

「ひえっ」

「お助けを……」

二人が背を向けて逃げ出した。

「ちいい。根性のねえ」

浪人が吐き捨てた。

「仕方ねえ。引くぞ」

三人で三人の対応は難しい。生きていればこそ、襲撃の報酬も使える。死んでしまえば、仕事を果たしても、それまでなのだ。武士のように継がせる家がない浪人にとって、己の命はなによりも重い。

「待ちな」

卯吉が浪人を呼び止めた。

「……卯吉、放っておけ」

まだ戦おうとしているのかと思った良衛が手を振った。

「違いやすよ。ちいとお任せを」

卯吉が首を横に振った。

「おい、馬の骨」

背を向けたまま足を止めた浪人たちへ、卯吉がもう一度呼びかけた。

「雑魚《ざこ》が……」

浪人が腹立たしげに卯吉を睨んだ。

「やかましい。おまえたち、この先生を狙ってただですむと思うなよ。深川《ふかがわ》の真野《まの》が大切に思っているお方だぞ。てめえらの顔、覚えたからな。両国橋《りょうごく》を渡ったときは覚悟しな」

卯吉が告げた。

「深川の真野……」

さっと浪人の顔から色が抜けた。

「知っているようだな」

にやりと卯吉が笑った。

「先生を襲ったんだ。もう、おまえたちは敵」

「ま、待て。真野どのにかかわりのある御仁とは知らなかったのだ。我らは金で頼まれただけなのだ」

「真野どのに逆らう気などない」

浪人たちが焦った。浪人は両刀を差していても庶民でしかない。なにかあれば町奉行所に狙われる。かつて江戸にいた浪人が、何度か天下転覆の企《たくら》みをおこなったことで、町奉行所はかなり厳しい警戒を取っている。少しでも浪人が怪しげな振りをすれば、すぐに町方役人たちに問い詰められる。なかには牢《ろう》屋敷へ送りこまれた浪人もいた。

しかし、深川は違った。深川は町奉行所の管轄から外れ、町方役人の数も少ない。つまり、浪人でも咎《とが》められないのだ。幕府から目の敵にされている浪人にとって深川は、気兼ねなく過ごすことのできる憩いの場になる。そこへ出入りできなくなれば、それこそ毎日、朝も夜も町方役人の目を気にして生きていかなければならなくなる。

「そっちの事情なんぞ知らねえ」

卯吉が嘲弄《ちょうろう》した。

「冗談じゃねえ。おいらは降りるぞ」

生き延びた浪人の一人が、動揺した。

「大瀬《おおせ》……」

先頭に立っていた浪人が、恐怖に落ちた同僚に揺らいだ。

「儂もじゃ」

残った一人も逃げ出すという方法に軍配をあげた。

「江戸を出て、地方へ行けば……」

「小島《こじま》……」

先頭に立っていた浪人が啞然となった。

「江戸を売る」

「拙者もだ」

逃げると決めた二人が、太刀をしまった。

「おい、なにを言っている。もう、前金はもらってしまったのだぞ。丸々返せるのか、おぬしには」

気変わりした同僚を先頭に立っていた浪人が、忠告した。

「金なんぞ、どうにでもできるはずだ。旅人を脅してもいい」

小島と指摘された浪人が、旅費は大丈夫だと述べた。

「仕事を中途半端なままでしなかったら、二度と回ってこないんだぞ」

必死に説得する先頭に立った浪人を無視して、大瀬と小島が背を向けた。

「おい、おい」

先頭に立っていた浪人が慌てて後を追った。

「…………」

三人の浪人が逃げていくのを卯吉が見送った。

「先生、遅れやした」

「いや、助かった。しかし、よく、来てくれた」

良衛が卯吉に感謝した。

「いえ、ちと遅れたことで、先生にご迷惑をお掛けしてしまいやした」

「……遅れた」

卯吉の言葉に良衛が引っかかった。

「すいやせん。あっしの勝手で、真野先生からお許しをいただき、先生のお屋敷を見張っておりやして」

申しわけなさそうに卯吉が頭を垂れた。

「見張って……とは、毎日か」

「へい」

確認した良衛に卯吉が首肯した。

「まだ、傷が癒えてはいないだろうが、なにをしている」

良衛が怒鳴りつけた。

「ひえっ」

多人数に一人で突っこんでいく卯吉が、首をすくめて悲鳴をあげた。

「医者を舐《な》めているのか。医者は患家に無理をさせるため、治療をしているのではない。少しでも早く治り、一日でも早く日常に戻れるようにと考えて……」

「すいやせん」

怒り続ける良衛に、卯吉が低頭した。

卯吉は深川を裏から支配する顔役の浪人、真野の手下であった。新しく深川を手にしたばかりの真野に逆らって縄張りを狙った無頼たちとの戦いで傷を負い、良衛のもとへと運びこまれてきた。

良衛は真野や卯吉が、世の枠外を行く者と知っていても変わらず、誠心誠意治療に当たり、その命を救っていた。

「まったく、ようやく先日縫った糸を外したばかりだろうが」

まだ良衛の怒りは収まっていなかった。

「もう、大丈夫でございやす」

「傷が大丈夫かどうかを決めるのは患家ではない、医者だ」

問題ないと応《こた》えた卯吉を良衛が叱った。

「だからこそ、先生のお屋敷を見張っておりやした」

「どういう意味だ」

平然と述べた卯吉に、良衛が首をかしげた。

「深川はまだ落ち着いておりやせん」

長く深川を支配していた辰屋《たつや》の親方の用心棒だった真野が下克上で縄張りを奪ったことが、大きな波風を立てていた。

用心棒というのは腕の立つ者でなければならないが、縄張りの経営にはかかわらなかった。無頼の縄張りである賭場《とば》や岡場所《おかばしょ》のやりくりは剣の腕より算盤《そろばん》であり、多くの配下を従えるのも武術ではなく気遣いや経験なのだ。

親分の跡は、血筋がいなければ、賭場を預かっていた代貸しか、岡場所を任されていた男衆頭が継ぐ。これが当たり前であった。

それを真野が狂わせた。当然、代貸しや男衆頭のなかには、真野が気に入らない者が出てくる。

辰屋の縄張りは俺のものだと逆らう者が、手下を率いて真野を襲い、卯吉は命にかかわるほどの傷を受けていた。

「今、深川に戻れば、またぞろ斬った張ったになりやす」

「ふむう」

「それでは、折角先生に救っていただいた命が無駄になる。そう、真野先生がおっしゃってくださいまして、あっしに当分の間、先生のお屋敷を見張れと」

「……そうだったのか」

卯吉を預かっている間にも、良衛のことを狙ってくる者はいた。屋敷に押し入られたこともある。

無頼といえども差別せず、医療を尽くした良衛を奇貨とした真野の気遣いであった。

「若先生、少々急がねば間に合いませぬ」

話しこんでいるところに、三造が割りこんだ。

「そうであった。卯吉、また後での」

三造に促された良衛が小走りに駆けた。

四

見舞い医師が薬箱持ちさえいないというわけにはいかないため、良衛は三造を供として連れてきた。が、平川門から入って切手御番所《ごばんしょ》までしか、供は連れていけない。

「では、ここで」

三造が切手御番所前で足を止めた。

「うむ。駕籠が出てきたら、そのすぐ後ろに付いてくれ」

見舞い医師である良衛は、用意された大奥の駕籠に乗って浜屋敷へと向かうことになる。そのとき、三造がどこに加わるかを良衛は告げた。

「はい」

三造がうなずいた。

平川門は、大奥の出入り門を兼ねる。良衛は御広敷に顔を出し、まずいつものようにお伝の方のもとへと伺候した。

「今日であったかの」

良衛に脈を取られながら、お伝の方が問うた。

「さようでございまする。お方さまの診療を終えた後、御台所さまの館までご挨拶にあがり、そこでお供くださる方々と顔合わせをいたしまする」

聞かされている手順を良衛は語った。

「さすがは御台所さまじゃ。そつがない」

お伝の方が感心した。

「ところで、お伝の方さま」

良衛が声を低くした。

「皆、遠慮しやれ」

すぐにお伝の方が他人払《ひとばら》いをした。

「……いつもながら、申しわけございませぬ。お局の御一同を疑うようなまねをいたしましまして」

他人払いの詫びを良衛が口にした。

「気にするな。実際、何人かは、妾の動静を他所《よそ》へ漏らしておるからの」

あっさりとお伝の方が、身内に裏切り者がいるというのを認めた。

「よ、よろしいのでございますか」

「放り出しても、代わりが来るだけじゃからな。繋がっている先だけ確認しておけば、別段問題になるほどでもないであろう。過ぎるようならば、もとから断てばすむ」

驚いた良衛に、お伝の方が手を振った。

「で、どうした。またぞろ狙われたか」

「はい。今朝方」

「…………」

冗談で言ったお伝の方だったが、良衛の答えに沈黙した。

「……真《まこと》かえ」

一呼吸置いてからお伝の方が確認した。

「はい。浪人と無頼に。どうやら浪人が愚昧を襲うように命じられ、無頼たちを手助けに使ったようでございまする」

今朝のことを良衛が告げた。

「そうか、見舞い医師として出向く当日にの」

口の端をお伝の方が吊《つ》り上げた。

これを偶然だと考えるようでは、将軍の寵姫《ちょうき》は務まらなかった。将軍の寵姫は、見目麗しいだけでは駄目なのだ。なにせ、将軍の子を産むのが寵姫の仕事である。つまりは次代の将軍の生母になるのが寵姫の役目、生母が愚かでは、息子が将軍継承の争いに参加できなくなる。できても、簡単に排除されてしまう。

たしかに将軍の子供には老中やら若年寄やらが扶育として付けられるが、どの執政に預けるかを決めるのは将軍になる。これが子供の運命を決めた。

執政衆にも序列はある。就任してからの期間、処理した案件の重要さ、家柄、そして将軍の信頼。これらで、同じ老中でも格付けがなされる。

当然、格上の執政衆が扶育に付くのが有利である。もっとも子供の生まれた年に大きな差があれば別だが、そうでなければ、扶育に付く者の差が将軍の子供に対する期待の差になる。

「あのお子さまには、老中首座さまが……」

こうなれば、よほどのことがないかぎり、次の将軍に決まったも同然になる。そして、この人選に、将軍生母の努力が出た。

男として、己《おの》が子を産んだ女は愛《いと》おしい。ただ、その愛おしさのなかにも序列が出る。美しさではまず優劣が付かないとなれば、どれほどその性格が将軍の気に入るかで変わってくる。

そして人が人に気に入られるには、どうやるかをよく考えなければならない。ただ阿《おもね》るだけでは、かならず見抜かれる。そのあたりを見極める頭がないと、寵姫は続けていけなかった。

「矢切、そなたの策は当たったの」

お伝の方が凄《すご》みのある笑顔を見せた。

「甲府参議家にもつごうの悪い者がおるとの証明じゃ。あとは、誰がそうなのかを見つけ出し、その後ろにいる者を探せばことはすむ」

「…………」

簡単に言うお伝の方に、良衛は黙った。

「動かねば、気づかれずにすんだものをの。まさに、雉《きじ》も鳴かずば打たれまいじゃ」

一人お伝の方が悦に入った。

「うまくいたせよ、矢切」

「できるだけは」

お伝の方の励ましに、良衛はやるとは応えなかった。

「では、これにて」

診療を終えた良衛が、お伝の方の局を辞した。

「案内を仕る」

局を出た良衛をお伝の方付の中臈《ちゅうろう》が待っていた。

「お手数をお掛けいたしまする」

良衛は謝意を示した。

いかに僧体を取る医師とはいえ、男子禁制の大奥を一人でうろつくことは許されていなかった。下《しも》の御錠口《おじょうぐち》番、七《なな》つ口《ぐち》番、局の女中などが案内と称する見張りの同行が必須であった。

お伝の方の局から、御台所鷹司信子の館は遠い。

「お医師」

前を歩く中臈が、振り返ることなく良衛に話しかけた。

「なんでござろう」

良衛が歩きながら用件を訊いた。

「見舞い医師とはどのようなものじゃ」

中臈が尋ねた。

「その名の通り、お見舞いのために派遣される医師でござる」

「どのようなことをいたす」

「患家を拝見し、要りようならば治療や投薬をいたしまする」

「その治療や投薬については、他の医師に相談せずともよいのかえ。上様のお脈を取る奥医師たちは合議すると聞いたぞ」

次々と中臈が質問を重ねてきた。

「上様の場合は、一人医師の判断でおこなうわけにはいかないという事情がございまする。ご異常が見つかったとき、それが本道が担当するのか、外道の範疇《はんちゅう》なのか、本道だとしても胃腸か、心の臓か、肝の臓かなど、専門を見極めなければなりませぬ。それに比して、見舞い医師は最初から、患家に要る治療や投薬に秀でている者が選ばれておりますので、合議せずとも問題はございませぬ」

良衛が説明した。

「他の目がない……」

中臈が足を止めた。

「お女中……」

「すまぬことである」

咎めるような良衛に、中臈がふたたび歩き出した。

「薬の毒味はどうなる」

進みながら中臈が核心に入ってきた。

「なされまする」

良衛がすぐに答えた。

「……さようであったか」

中臈が少し遅れて反応した。

「さて、そろそろである。声をかけるぞ」

鷹司信子の館門が見えた。中臈が念を押した。

「お願いを仕る」

中臈が門前に控えていた奥女中に声をかけた。

「医師矢切良衛を案内して参りましてございまする」

相手が格下の奥女中であっても、その主は御台所である。中臈がていねいに言った。

「御台所さまが、待っておられる。ただちに通れ」

奥女中が良衛だけを通した。

「案内役、かたじけのうございました」

一礼して良衛は館へと入った。

「遅いわ」

館では鷹司信子が怒っていた。

「申しわけございませぬ」

言いわけもせず、良衛は手を突いた。

「まあよい」

素直に詫びた良衛に、鷹司信子が落ち着いた。

「ご寛大なお心、この矢切、感謝いたしまする」

怒らせた女ほど面倒なものはない。それを良衛は妻《めと》を娶ったことで学んでいた。

「用意はできておるようじゃな」

いつもと違う身形に、鷹司信子がうなずいた。

「御台所さま」

良衛が目で密談を求めた。

「……折角、参ったのじゃ。妾の脈を取っていけ」

気づいた鷹司信子が、側へ寄れと命じた。

「ごめんを」

膝で良衛は鷹司信子へと近づいた。

貴人に近づくには、ご威光に押され、進めませんという振りを何度かしなければならない決まりである。しかし、医者には適応されなかった。

当たり前であった。目の前で苦しんでいる患者を見ながら、処置や治療にかからず、平伏したまま前に進めませんとその場で身を揺すってみせるなど、喜劇か悪夢でしかない。

「お脈を拝見」

すっと鷹司信子の左手首を握りながら、良衛が声を潜め、さきほどの襲撃を述べた。

「…………」

鷹司信子は無言であった。

「ご無礼を仕りました」

すっと良衛が鷹司信子から離れた。

「いかがであった」

「いささか、乱れがございまする。少し、塩気を減らされるべきと拝察いたしましてございまする」

良衛が診断を口にした。

「さようか。できるだけのことはいたしておこう」

じっと良衛の目を見つめながら、鷹司信子が告げた。

「駕籠の用意が整いましてございまする」

水間が奥の間へ顔を出した。

「そうか。矢切、頼んだ」

「尽力いたしまする」

行ってこいと言われた良衛が受けた。

大奥の駕籠は下の御錠口を出た大奥玄関に用意される。御台所の館からはかなり遠いが、これも決まりであった。駕籠を使う者は、自らが所属する館、局から出立し、玄関を出たところで駕籠に乗りこむのが決まりである。便利だからといった理由で、玄関に近い御広敷控えで駕籠の用意ができるまで待つというのは許されなかった。

供をする女中、駕籠を担ぐ女陸尺《ろくしやく》などを引き連れて、良衛は玄関へと向かい、駕籠に乗りこんだ。

「御台所さま、甲府参議家御簾中さまへ、医師見舞いをなされまする」

行列を差配する奥女中が大声をあげた。

「医師見舞いだと」

「珍しいことがある」

大奥玄関のある御広敷がざわついた。

「出立つうう」

良衛を乗せた駕籠が御広敷を出ていった。

「これは是非ともお報せせねば」

多くの役人たちが、御広敷から表へと向かっていった。

第三章　医師の見舞い

一

医師見舞いが出る。これはそうそうあることではなかった。

もっとも多くの見舞いを出した三代将軍家光《いえみつ》でも、乳母春日局《かすがのつぼね》、寵臣《ちょうしん》堀田《ほった》加賀守《かがのかみ》正盛《まさもり》、伊達《だて》政宗《まさむね》、立花宗茂《たちばなむねしげ》、大老土井《どい》大炊頭《おおいのかみ》利勝《としかつ》くらいで、大いなる名誉であった。それが話題にならなかったのは、将軍からのものではなく、御台所《みだいどころ》のものであったからであった。

大奥は表とかかわらない。これは建て前で、実際は大奥も表の指示に従い、表は大奥の影響を受ける。とはいえ、大奥の主《あるじ》は御台所鷹司信子《たかつかさのぶこ》なのだ。表に相談しなくてもどうこうできることならば、鷹司信子の思うがままになる。極論ではあるが、明日魚を食べたいと鷹司信子が考えるのと、医師見舞いを出すのは同じで、一々表のお伺いを立てなくてもよかった。

医師見舞いの行列が、大奥を出るときにあげた声が、御広敷《おひろしき》を揺るがした。

「甲府《こうふ》参議家御簾中《ごれんじゆう》さまへの医師見舞いだと」

御広敷からの急報を受けた御用部屋は慌てた。

「甲府参議御簾中さまが、ご病気だとの報告は出ていたのか」

老中戸《と》田越前守忠昌《だえちぜんのかみただまさ》が、御用部屋に詰めている奥右筆《ゆうひつ》へ問うた。

「いえ、覚えがございませぬ」

御用部屋詰め奥右筆が否定した。

奥右筆は五代将軍綱吉《つなよし》が、館林藩から連れてきた家臣たちで構成され、幕府の表にかかわるすべての書付を扱った。もともとあった幕府表右筆は、その結果政《まつりごと》から切り離され、今では徳川家の内政にかかわる文書を管轄するだけになっている。

膨大な過去の幕政史料や、勘定方の書類なども表右筆からわずかな期間で引き継ぐだけの実力を持っているだけに、その記憶はまずまちがいなかった。

「そなたのことを信用していないわけではないが、一度確認をいたせ」

奥右筆は綱吉の腹心だけに、老中といえども粗略には扱えなかった。

「承知いたしました」

戸田越前守の求めに奥右筆が、老中の執務室である上の御用部屋に近い奥右筆部屋へと向かった。

「どういうことかの」

老中大久保加賀守忠朝《おおくぼかがのかみただとも》も怪訝《けげん》な顔をしていた。

「御台所さまと御簾中さまは、近い親戚《しんせき》に当たられる。しかも共に生まれた京《きょう》から遠く離れた江戸《えど》へ出ておられる。なにかとご交流があっても不思議ではないが……」

「医師見舞いを出すほど、お悪いならば、甲府家から我らに一言あってしかるべきである」

戸田越前守と大久保加賀守が顔を見合わせた。

「戻りましてございまする」

そこへ奥右筆が戻ってきた。

「早かったの」

思わず戸田越前守が、ちゃんと調べてきたのかと疑念の表情を浮かべた。

「医師見舞いが出るとあれば、ここ一カ月の間に、報《しら》せが出ているはずでございまする。甲府家から出されました書付を、一カ月に限って確認するだけでございますれば」

手抜きなどはしていないと奥右筆が淡々と語った。

「我らのもとに届いていないということはないか」

大久保加賀守が問うた。

「どこに……奥医師どもは甲府家にかかわらぬぞ」

戸田越前守が大久保加賀守の説に首を左右に振った。

「……むう」

大久保加賀守がうなった。

「そうじゃ、典薬頭《てんやくのかみ》だ。典薬頭は医師の触れ頭である。天下の医師どもを統べる典薬頭ならば、何かを知っているのではないか」

「なるほど、さすがじゃ。加賀守どの」

戸田越前守が称賛した。

「呼んで参れ」

「はい」

御用部屋の雑用を担当するお城坊主が、小走りに駆けていった。

典薬頭であろうが若年寄であろうが、御用部屋には足を踏み入れられない。老中に呼び出された者は、御用部屋前の畳廊下で待つのが決まりであった。

「待たせたの」

「い、いえ」

「…………」

呼び出された二人の典薬頭、今大路《いまおおじ》兵部大輔《ひょうぶだゆう》と半井《なからい》出雲守《いずものかみ》は、老中戸田越前守に声をかけられて、一瞬対応が遅れた。

普段ならば、呼び出しておきながら小半刻（約三十分）から半刻（約一時間）は待たされるのが、すぐだったため心の準備ができていなかったのだ。

「ときの余裕がないゆえ、前置きなどなしで問う。そなたたちも簡潔に答えよ」

戸田越前守が釘《くぎ》を刺した。

「はっ」

「仰せのままに」

二人の典薬頭がうなずいた。

「甲府参議さまから御簾中さまについて、なにかしら報せはあったか」

「……いえ」

「わたくしのもとにも参っておりませぬ」

怪訝そうな顔で今大路兵部大輔と半井出雲守が首を横に振った。

「そうか、そなたたちのもとにも来ておらぬか」

難しい顔で戸田越前守が困惑した。

「畏《おそ》れながら、越前守さま。なんのことでございましょうや」

今大路兵部大輔が事情の説明を願った。

「いずれ知れることゆえ、教えるがの。先ほど、大奥の御台所さまから甲府参議さまの御簾中さまあてで、医師見舞いが出た」

「……それはっ」

「なんと」

二人の典薬頭が絶句した。

「ゆえに、そなたたちに訊《き》いたのだ。御簾中さまになにかしら異常があると聞いておらぬかとな」

「まったくございませんでした」

「はい」

今大路兵部大輔と半井出雲守がふたたび否定した。

「そうか。では、さがってよい」

知らなければ用はないと戸田越前守が背を向けた。

「……………」

無言で戸田越前守を見送った今大路兵部大輔が、御用部屋前で控えているお城坊主を手まねきした。

「御用でございますか」

お城坊主が近づいてきた。

「見舞い医師は誰じゃ」

すっと腰に差していた白扇をお城坊主に渡しながら、今大路兵部大輔が尋ねた。

「……ありがとう存じまする」

殿中でのお金代わりである白扇を受け取ったお城坊主がまず礼を述べた。

「お見舞い医師となられたのは、御広敷番医師の矢切《やきり》先生でございまする」

「なにっ」

「なんだと」

お城坊主の答えを聞いた今大路兵部大輔と半井出雲守がそろって驚愕《きょうがく》の声をあげた。

「兵部大輔どのよ、知らぬ顔はあるまい。娘婿の名誉くらい把握なさっておられように」

半井出雲守が怒気を露《あら》わにした。

「いや、なにも聞いてはおらぬ」

今大路兵部大輔が慌てた。

「お城坊主よ、もう一度越前守さまにお目通りをと申してくれ。事情を知っていながら、兵部大輔が隠していたとな」

半井出雲守が今大路兵部大輔を睨《にら》みながら、お城坊主へ告げた。

「はい」

お城坊主が走った。

「あっ……」

今大路兵部大輔が止める間もなかった。

「……出雲守、真《まこと》か」

まさにすぐであった。血相を変えた戸田越前守が御用部屋から出てきた。

「はい。あの見舞い医師は今大路兵部大輔の娘婿だそうでございまする」

「娘婿……」

老中ともなると御広敷番医師などどうでもいい。初めて耳にする話に、戸田越前守が戸惑った。

「たしかに、矢切良衛《りょうえい》は娘婿ではございまするが、見舞い医師に選ばれたなどということは、まったく存じておりませぬ」

必死に今大路兵部大輔が抗弁した。

「それを信じろと申すか」

「越前守さま……」

険しい顔をした戸田越前守に、今大路兵部大輔が震えた。

「執政を謀《たばか》るなど、いかに典薬頭といえども許されざる行為である」

「そのようなつもりは……」

「黙れ」

今大路兵部大輔の言いわけを、戸田越前守が止めた。

「…………」

老中の命《めい》になる。今大路兵部大輔は黙るしかなかった。

「後々、厳しく詮議《せんぎ》いたす。今は屋敷へ戻って謹慎いたしておけ」

戸田越前守が今大路兵部大輔に指示を出した。

「はっ……」

ここで抗《あらが》えば、より心情は悪くなる。今大路兵部大輔が従った。

「出雲守」

「これに」

呼ばれた半井出雲守が手を突いた。

「しばらく一人で典薬頭を務めよ」

「わかりましてございまする」

半井出雲守が受けた。

「……ついに、ついにやったぞ。これで兵部大輔は終わりじゃ。典薬頭は、儂《わし》一人ぞ」

戸田越前守が去った後、半井出雲守は歓喜した。

二

平川門《ひらかわ》から甲府藩浜屋敷までならば、女駕籠《かご》でも一刻（約二時間）ほどであった。

良衛を乗せた大奥の駕籠も、昼には浜屋敷へ着《い》いた。

「御台所さま、お見舞いの医師さま、お出でてございまする」

浜屋敷の大門が大きく開かれ、良衛は駕籠に乗ったままで玄関まで進んだ。

「ようこそおいでくださいました」

玄関式台に置かれた良衛の駕籠より一段下がった土間に、甲府家の用人が膝《ひざ》を突いて口上を述べた。

「出迎えご苦労である」

供頭を兼任する御台所付　表使《おもてづかい》が鷹揚《おうよう》にうなずいた。

「お出ましを」

合わせて、駕籠の扉が開き、別の奥女中が良衛を促した。

「…………」

場違いな雰囲気に良衛は緊張していた。

「御台所さま、名代の医師矢切良衛さまである」

表使が良衛を紹介した。

「ははっ」

土間に膝を突いていた甲府藩士たちが平伏した。

「早速であるが、案内をいたせ」

表使がその場を取り仕切ってくれた。

「……………」

こういう威丈高なまねを良衛はできない。黙って表使に任せるのが賢明であった。

「どうぞ、奥でございまする」

用人が先頭に立った。

御台所の名代は、鷹司信子に準じる。格だけでいけば御三家《ごさんけ》に匹敵するが、甲府参議綱豊《つなとよ》との面会はなかった。

御台所は女であるため、一門には違いないが、血の繋《つな》がっていない男女の顔合わせは避けられるからであった。

ただし、家臣はそういった男女の扱いには含まれない。用人が名前を名乗らなかったのも、人ではなく、ただの案内役だという形を取るためであった。

「ここからは奥になりまする」

浜屋敷の表と奥は、江戸城における中奥と大奥ほど厳重ではないが、大きな一枚杉戸で仕切られていた。

「御台所さま、ご名代」

用人が杉戸へ向かって声を張りあげた。

「承ってございまする」

扉の向こうから返答がし、ゆっくりと杉戸が開けられた。

「わたくしはここまででございまする」

屋敷を預かる用人といえども、奥へは足を踏み入れられない。用人が良衛の案内を女中に引き継ぐと告げた。

「ご苦労であった。ご名代さま」

表使が用人をねぎらい、良衛を促した。

「…………」

無言で良衛はうなずき、足を進めた。

浜屋敷の大奥も、将軍の息子のために用意されたものである。さすがに大奥には遠く及ばないが、諸藩の上屋敷を凌駕《りょうが》するほどの規模を誇っていた。

「……こちらでございまする」

かなり歩いたところで、甲府藩奥女中が止まった。

「なかで御簾中さまがお待ちでございまする」

「うむ。よろしゅうございまするや」

表使が、良衛に襖《ふすま》を開けていいかと確認した。

「頼もう」

「はっ。開けよ」

甲府藩の奥女中は、将軍家にとって陪臣になる。今の良衛は御台所に準ずるため、陪臣へ直接声をかけるわけにはいかず、表使を通じてになった。

「お方さま、ご名代さまがお見えでございまする」

「承ってございまする」

奥女中が襖越しにかけた声に、応答があった。

二枚の襖が左右に開いた。

「……うっ」

左右にずらりと奥女中が控え、上段の間下座にひときわ身形《みなり》の豪勢な女が手を突いている。良衛は絶句した。

「ご名代さま、あちらへ」

険しい口調で表使が、臆《おく》した良衛を急《せ》かした。

「あ、ああ」

御広敷番医師として大奥へ出入りするようになり、奥女中たちとの接触にも慣れた。しかし、これだけの数の奥女中が、居並ぶなかを一人で上段の間、上座へと行かなければならないのには、圧倒された。

「しっかりせい。そなたは御台所さまのお名前を背負っておる。胸を張れ。もし、御台所さまに恥を掻《か》かせるようなまねをすれば、妾《わらわ》がそなたを殺す」

表使が良衛を脅した。

「……おう」

表使の発した剣呑《けんのん》な雰囲気に、良衛の剣術遣いの部分が反応した。

戦えば、まず良衛が表使に勝つ。だが、戦場では名だたる武将が、初陣の若者を侮って、命を落とすことも多い。戦場剣術を叩《たた》きこまれてきた良衛は、たとえ女の細腕といえども甘くは見なかった。

「任されよ」

表使の覚悟に気を落ち着けた良衛が、上座へと向かった。

「ご名代さま、よろしゅうございますな」

良衛が上座へ腰を下ろすのを確認した表使が、声を出した。

「…………」

黙って良衛が顎《あご》を引いた。

「一同、面を上げよ」

表使が、許可を出した。

「御台所さまご名代、御広敷番医師矢切良衛さまである」

「当家主参議の妻、近衛熙子《このえひろこ》にございまする」

徳川《とくがわ》綱豊の正室が名乗った。

「お見舞いをいただくとのことでございまするが、わたくしめにでございましょうや。わたくしには、一切の不調が存ぜませぬ」

見舞い医師を派遣される理由がわからないと近衛熙子が疑問を口にした。

「脈を取るまで、わからぬことである」

良衛は精一杯の威厳とばかりに、胸を張った。

「ですが、当家の医師どもは、なんの障りもなしと……」

「御台所さまのご厚意を無にすると」

表使が近衛熙子を睨みつけた。

「ぶ、無礼な」

近衛熙子のすぐ後ろにいた奥女中が表使へ憤った。

「どちらが無礼じゃ。そなた陪臣の身で直臣たる妾にもの申す気か」

「……うっ」

「控えよ、田鶴《たづる》」

表使に糾弾されて詰まった奥女中を近衛熙子が制した。

「申しわけございませぬ」

奥女中は表使ではなく、近衛熙子へ詫《わ》びた。

「よろしいな」

脈を取るぞと良衛が近衛熙子に宣した。

「よしなにお願いいたしまする」

近衛熙子がうなずいた。

「こちらへ」

普段ならば良衛が患者へ歩み寄る。だが、今回は別の目的で来ている。良衛は近衛熙子を周囲の奥女中から引き離すため、手招きをした。

「…………」

「くうっ」

無言で従う近衛熙子を見て田鶴と呼ばれた奥女中が歯がみをした。

「……御免」

目の前に座り直した近衛熙子に一言断って、良衛は脈を取った。

「そのままでお聞きあれ」

診療を続ける振りをしながら、良衛は今回の医師見舞いの真相を近衛熙子に語った。

「そのようなことが……」

近衛熙子が小声で驚いた。

「甲府家のご先代さまの死にも疑念があり、愚昧《ぐまい》を御台所さまは遣わされましてございまする」

小さく首を縦に振りながら、良衛はまちがいないと保証した。

「では、妾の姫も……」

近衛熙子が呆然《ぼうぜん》とした。

「豊姫《とよひめ》さまのことは、なにも存じませぬゆえ、そうだとは申せませぬ」

良衛は肯定できなかった。

近衛熙子と甲府参議綱豊の間に生まれた長女豊姫は、生まれてすぐに亡くなった。ただ、乳児の死亡は大名も庶民も変わらず多いだけに、殺されたとは断言できなかった。

「あり得るのじゃな」

低い声で近衛熙子が念を押した。

「ないとは言えませぬ」

否定を良衛はしなかった。

「わかった。妾はなにをすればよい」

良衛が単なる名代ではないと理解した近衛熙子の言葉遣いが変わった。

「なんでも結構でございまする。お気になることをお報せいただきたく。あと、もう一つはお抱え医師たちの身分についてお教えを願いますよう」

良衛がとりあえず要りようなことを願った。

「気になることの。多いぞ。なにせ、京と江戸は違いすぎる」

近衛熙子が嫌な顔をした。

五摂家筆頭の近衛家は代々武家嫌いで知られている。

「どれだけ貧するとも、武家との縁は求めず」

近衛家はこれを家訓としてきていた。事実、近衛熙子も最初は御三家水戸《みと》家への輿《こし》入れを幕府から打診されたが、家訓を盾に拒んでいた。

しかし、朝廷との縁を求める幕府は、近衛熙子を徳川綱豊の御簾中にと再度望み、断れば近衛家も無事ではすまさぬと脅した。結果、近衛家が折れ、熙子は江戸の浜屋敷へと嫁した。

「菜の味付けなどはいかがでございましょう」

「味付けか……あれはいかぬ」

露骨に近衛熙子が表情をゆがめた。

「辛いと」

「だけではないわ、なにもかもが煮染《にし》めたように濃い色をしておる。あれでは、鯛《たい》なのか、平目なのか、鱸《すずき》なのか、見分けもつかぬ」

近衛熙子が文句を言った。

「お抱え医師たちは……」

「妾が知るはずもなかろう」

「でございました」

問うた良衛が、近衛熙子の答えに納得した。

どこの藩でもお抱え医師は家臣と同じ扱いを受ける。それも軽輩と同じで、診療以外で目通りをすることなどまずなかった。

「田鶴、参れ」

振り向いた近衛熙子が田鶴を呼んだ。

「お呼びでございまするか」

急いで田鶴が近づき、良衛と近衛熙子の間に割って入った。

「この者は、妾が京から伴ってきた供じゃ。平野《ひらの》権中納言《ごんちゅうなごん》の娘で田鶴と言う。挨拶《あいさつ》をしやれ、田鶴」

近衛熙子が田鶴を紹介した。

「田鶴でございまする」

先ほど叱咤《しった》されたばかりである。田鶴が神妙な態度で頭を下げた。

「御広敷番医師矢切良衛でござる」

良衛も応じた。

「平野家は近衛の家宰《かさい》の一人での。遠いが血も引いておる」

近衛熙子が田鶴を信用できる者だと述べた。

「この者を御台所さまのもとへやる。今回の見舞いのお礼とすれば、おかしくはなかろう」

「妙案でございまする」

良衛は感心した。鷹司信子にしても近衛熙子にしてもさすがに公家《くげ》の娘である。ただの姫さまではなく、状況をどうすれば良いかをすぐに思いつくだけの器量があった。

「お抱え医師を全部、処断してしまってはいかぬのか」

吾《わ》が子を殺されたかも知れないと考えた近衛熙子が怒りを見せた。

「お気持ちはわかりまするが、それをすればそこで手蔓《てづる》は途切れてしまいまする。お抱え医師のどれかは、ただ命じられただけ。もちろん、手を下したという事実は消えませぬし、罰は与えられるべきでございまする」

慎重に言葉を選びながら、良衛は近衛熙子を宥《なだ》めた。

「そうじゃな。後ろにおる者こそ、真の仇《かたき》」

一層、近衛熙子の目つきが鋭くなったが、良衛の意見を受け入れた。

「ところで御簾中さま」

良衛が近衛熙子の怒りを逸《そ》らそうと話を変えた。

「最近、参議さまのお渡りはございましたか」

夫婦のことでも医師が訊くのは問題がない。

「……………」

近衛熙子が黙った。

「やはり」

「わかってはおるのだが、どうしてもの……」

娘を失ったことで近衛熙子が、子供を産むことに恐怖を感じていると良衛は読み、その通りだとわかった。

「婚姻して三年、ようやく得た子を……」

三年子なきは去るなどという理不尽な言い伝えがはびこる武家、それも跡継ぎが必須《ひっす》とされる徳川の一門である。近衛熙子に求められるものは、厳しい。

「姫さまのことを忘れていただきたいとは申しませぬ。どうぞ、毎日菩提《ぼだい》を弔ってさしあげていただきたい」

「ほう……」

良衛の言葉に近衛熙子が興味を持った。

「皆、妾のせいではないとか、忘れたほうがよいと申すのに、そなたは逆を言うのだな」

「無礼を承知で申しますが、死者は皆に忘れられたとき、真の死を迎えまする。誰か一人でも、その者のことを覚えていれば、想いは生き続けましょう。その誰かにもっともふさわしいのは、母君」

「……そうじゃな。そうじゃな。妾が覚えておらねば、豊がさみしがるわ」

近衛熙子が涙を流した。

「豊さまのことを覚えているお方を増やしてはいかがかと」

「弟妹を作れと申すのだな」

「…………」

無言で良衛は首肯した。

「親もいつかは死にまする。お方さまの後を受け継いでくれる者が要りましょう」

「妾の願いを……か」

「さようでございまする」

田鶴が身を乗り出した。

「だが……また……」

危惧《きぐ》を近衛熙子が口にした。

「それをさせぬために、我らがおりまする」

良衛が近衛熙子をじっと見つめた。

「……うらやましいことよな」

近衛熙子がため息を吐いた。

「鷹司の姉さまには、これほどの者がおる。だが、妾のもとにはおらぬ。もとは同じ、将軍家の分家へ嫁いだ身分だというに」

「…………」

御台所の権力をうらやむ近衛熙子に、良衛はなにも言えなかった。

「では、これにて見舞いを終わる」

長居は無用と良衛は名代の立場に戻った。

三

近衛熙子を励ますのは主ではなく副でしかない。良衛がわざわざ見舞い医師として浜屋敷へ出向いたのは、追い詰められたお抱え医師とその背後をあぶり出すためであった。

「どうなるかじゃの」

大奥へ戻った良衛から報告を受けた鷹司信子が扇を掌《てのひら》に握りこんだ。

「動きましょう」

追い詰められた者は、じっと頭を抱えて嵐が過ぎるまで我慢してはいられないものだと、経験から良衛は確信していた。

「なにせ、あやつらのしたことは、将軍家への害でございまする。謀叛《むほん》と同じ重罪、見つかれば族滅《ぞくめつ》」

「たしかにそうじゃな。どう見ても助かる道はない。となれば、無理を承知で打って出るしかないか」

鷹司信子がうなずいた。

「ご苦労であった。蘆野《あしの》に聞いた。熙子の負担をやわらげてもくれたそうじゃの」

同道した表使から話があったのだろう。鷹司信子が良衛をねぎらった。

「いえ。これも医師の役目でございまする」

「おもしろいの、そなたは。そなたを見ていると、他の医師はなんだと思うぞ。決められたことを繰り返すだけで、妾に意見さえせぬのだ、あやつらは」

鷹司信子があきれた。

「それだけ御台所さまがお健やかだということでございまする。なにかあれば、奥医師どもの意見を具申いたしましょうほどに」

良衛が奥医師をかばった。

「ふん」

鼻で鷹司信子が笑った。

「まあよいわ。ご苦労であった。さがってよいぞ」

ようやく鷹司信子が良衛を解放してくれた。

御台所の館《やかた》を出て、御広敷番医師溜《だまり》に戻った良衛のもとへ、知友の中条壱岐《ちゅうじょういき》が近づいてきた。

「矢切どの」

「……いかがなされた。お顔の色が優れぬぞ」

顔を強《こわ》ばらせた中条壱岐に、良衛が目を大きくした。

「落ち着いている場合ではないぞ。貴殿の舅《しゅうと》どの、今大路兵部大輔さまが謹みを命じられた」

「な、……」

聞いた良衛が驚愕のあまり言葉を失った。

「な、なぜ、岳父が」

良衛が震えながら中条壱岐に問うた。

「なんでも今回の医師見舞いについて、御用部屋に報せがなかったことを怒った戸田越前守さまが、貴殿を見舞い医師だと知って、兵部大輔さまを……」

「馬鹿な……今回の医師見舞いは御台所さまのご配慮。表に届け出る義務はないはずだ」

良衛が唖然《あぜん》とした。

「それに見舞い医師に選ばれた者は、その任について他言を憚《はばか》る。これは誰が見舞い医師になるかで患家《かんか》の状況が世間に知れるからだ」

見舞い医師が何科を専門とするかで、患者の病名が類推できる。本道で見舞い医師が出たとなれば、命にかかわる大病とわかる。外道でもそうだ。見舞い医師が出るほどの怪我をしたとあれば、身の危険があるほどだと予測が付く。

大名や旗本で当主にそれほどの危難とあれば、かならず跡継ぎを巡ってのもめ事が起こる。嫡男がいてもいなくても、家督というのは大きな財産なのだ。うまく、家督を手に入れるか、息のかかった者を押しこめるかすれば、その利はとてつもなく大きい。

そして家督争いでは、少しでも早く当主の寿命を知ることが勝敗を分けた。

「残念ながら、その理屈は執政衆に通じなかった。どうやら執政衆は、すべてを知っておかねばならぬとお考えなのだろう」

中条壱岐が首を左右に振った。

「…………」

良衛が苦い顔で黙った。

「矢切が戻ったそうだの」

誰かが報せたのだろう、御広敷番医師溜に半井出雲守がやってきた。

「出雲守さまじゃ」

「典薬頭さまが御広敷までお見えになるなど、今まではなかったぞ」

御広敷番医師たちが騒然となった。

「おるか、矢切。来い」

半井出雲守が良衛を呼びつけた。

「……御用でございますか」

典薬頭は形だけとはいえ、医師のまとめをする。その要請を拒むわけにはいかなかった。

「ふむ、そなたが矢切か。ただの若造だの」

しげしげと良衛を見た半井出雲守が鼻で笑った。

「…………」

良衛は反論しなかった。事実、父が著名な奥医師であったお陰で小普請《こぶしん》医師に推挙された二代目を除けば、幕府医師として良衛は最年少に近い。

「見舞い医師として甲府家へ出たそうじゃの。どなたを拝診いたした」

「患家のことを口にはできませぬ」

医師は患者の体調などを、治療にかかわる問題を解決するためでなければ、同じ医師といえども漏らすわけにはいかなかった。ましてや、甲府家は徳川に近い一門である。見舞い医師が出たというだけでも騒動になるというに、その内容まで外に出れば、収拾が付かなくなる。

「典薬頭としての命である」

「お断りいたす」

強硬な半井出雲守へ良衛は真っ向から抵抗した。

「よいのか。そなたの態度次第では、儂が兵部大輔の手助けをしてやってもよいのだぞ」

「…………」

舅のことを言われた良衛が頰をゆがめた。

「このままでは、兵部大輔はまちがいなくお役を罷免されることになろう。医術の名門今大路家が典薬頭でなくなる。それがどれほど重いかを考えろ」

半井出雲守が脅しをかけた。

「……くっ」

良衛が唇を噛《か》んだ。

「お断りいたしまする」

血を流しながら、良衛が決断した。

「きさま……よいのだな。兵部大輔が罷免されれば、そなたも幕府医師ではおられぬぞ。そなたは兵部大輔の推薦で幕府医師になった者。推薦した者が罪を得たときは、その累を受けることになる」

半井出雲守があきれた。

人を推すというのには、それだけの責任が生まれた。この者をと推薦した人は、推した者が失策を起こしたときは、その責を負う。また、推薦された者も推薦してくれた人がなにかしでかしたときは、連座を受ける。

今大路兵部大輔と良衛は、まさに一蓮托生《いちれんたくしょう》であった。

「かまいませぬ」

幕府医師を辞めさせられても、医師を禁じられるわけではない。また、矢切家はもともと医師の家柄ではなく、小普請の御家人なのだ。幕府医師でなくなったところで、数年前の境遇に戻るだけであった。

馘《くび》にするぞと脅かしても平然としている良衛に、半井出雲守があてが外れたと驚いた。

「こいつ……」

「兵部大輔を見捨てるのだな」

「いたしかたございませぬ」

念を押した半井出雲守に良衛が応じた。

「やれ、薄情な男に娘をくれてやったものよ、兵部大輔は。医術も駄目であったが、人を見る目さえなかったとはの。やはり今大路に医師の触れ頭典薬頭は務まらぬ」

半井出雲守が嘲笑《ちょうしょう》した。

「出雲守さまも同じでございますな」

「なんだとっ」

言い返した良衛に、半井出雲守が驚いた。

「医師見舞いの詳細を個別でならばまだしも、他人目《ひとめ》のある御広敷番医師溜で問うた。このことを御台所さまがお知りになれば……」

「それはっ……」

「御台所さまから上様へ出雲守さまのお名前が伝われば、どうなりましょうや」

勢いを失った半井出雲守を良衛が追撃した。

「きさま、それで、大きな態度を」

良衛が今大路兵部大輔を人質にされても求めに応じなかった理由に、ようやく半井出雲守が気づいた。

「お、奥は表にかかわらぬのが決まりぞ」

半井出雲守が良衛というより、己に言い聞かせるように口にした。

「さあ、愚昧ごとき若造にはわかりかねまする」

良衛が強烈に返した。

「わ、忘れぬぞ」

きっと良衛を睨みつけて、半井出雲守が御広敷番医師溜から去っていった。

「いやあ、畏れ入った」

一部始終を見ていた中条壱岐が感心した。

「とんでもない。必死の言いわけでござる。御台所さまが、愚昧ごときの言葉をお聞きくださるかどうかなど、わかりませぬ」

鷹司信子が良衛を保護するために動くとは限らない。なにせ、良衛は大奥で鷹司信子と覇を競う寵愛《ちょうあい》の側室お伝《でん》の方の侍医なのだ。今回のことでは、手を組んでくれたがいつまでも続くという保証はない。表の政で役人たちが蹴落《けお》とし、蹴落とされして出世していくのと同じことが大奥でもある。今日の味方が明日もそうだとは限らなかった。

「………」

眉目秀麗《びもくしゅうれい》が仇《あだ》となり、大奥女中で苦労している中条壱岐が口をつぐんだ。

「女ほど怖いものはござるまい」

「御広敷番医師が決して口にしていいことではございませぬがな」

二人が顔を見合わせた。

「さて、そろそろ下城いたしまする」

良衛はお伝の方の要請で連日勤めをする代わりに、昼で帰宅することが認められていた。

「お疲れさまでござる」

中条壱岐に見送られて、御広敷番医師溜を出た良衛は、下城口になる納戸御門《なんどごもん》ではなく、中奥へと向かった。

「柳沢出羽守《やなぎさわでわのかみ》さまを」

良衛はお城坊主を捕まえて、頼んだ。

「お医師どのは、矢切先生でございまするか」

お城坊主が訊いた。

「いかにも、さよう。御広敷番医師の矢切良衛であるが……」

確認された良衛が肯定しながら、怪訝な顔をした。

「いえ、出羽守さまより、矢切先生の用は最優先にいたせとお話をいただいておりますれば、では、お呼びして参りまする」

素早くお城坊主が駆けていった。

「……出羽守さまが、最優先と……」

その意味に気づいた良衛が震えた。

五代将軍綱吉に従って館林から旗本に転じた柳沢出羽守吉保《よしやす》は、順調に出世を重ね、今では側用人《そばようにん》という君側第一になっていた。

これは綱吉に気に入られたおかげであり、柳沢出羽守は大老堀田筑前守正俊《ほったちくぜんのかみまさとし》亡き後の寵臣として選ばれた。寵臣は、他人もうらやむ立身出世を遂げるが、その栄華は主君の寿命と連動する。

三代将軍家光によって数百石から老中、大名まで出世した堀田加賀守正盛が、その死に殉じたように、寵臣は主君の死とともに表から去るのが定めであった。

つまり、柳沢出羽守の運命は綱吉次第で、長く発展するか、短く散るかが決まる。

それだけに、今回良衛が気にした綱吉の健康状態には、人一倍関心を持っていた。

もし、良衛が綱吉へ害をなした者を見つけ出し、それへ対抗できたならばいいが、相手の正体もわからず、手も打てなかったときは、ただですまない。

「お見えでございまする」

嫌な予感に落ちこんでいた良衛に、お城坊主が声をかけた。

「すまぬ……えっ」

お城坊主は先触れで、多忙を極める柳沢出羽守の登場までは少し余裕があると思いこんでいた良衛は、目の前に立つその姿に目を剝《む》いた。

「矢切、付いて参れ」

あっけにとられている良衛をうながして、柳沢出羽守が手近な座敷の襖を開けた。

「さっさと来ぬか。忙しいのだぞ」

動けていなかった良衛を柳沢出羽守が叱った。

「も、申しわけもございませぬ」

あわてて良衛が柳沢出羽守の後を追った。

「坊主、誰も近づけるな」

「はい」

柳沢出羽守が他人払《ひとばら》いをお城坊主へ命じた。

「座らずともよい。立ったままで報告せい」

柳沢出羽守が急かした。

「は、はい。甲府家へ……」

良衛は半井出雲守には言わなかった見舞い医師として見聞きしたことを語った。

「ふむ。甲府家にも手は伸びていたか」

表情を険しいものにして柳沢出羽守がうなった。

「……上様、甲府家とくれば、御三家も疑わねばならぬな」

御三家である尾張《おわり》、紀伊《きい》、水戸にもなにかしらの影響が出ているのではないかと柳沢出羽守が懸念を表した。

「………」

要らぬ口出しをして、またおまえが調べてこいなどと言われてはたまったものではない。良衛は沈黙を守った。

「……安心せい。そこまでそなたにさせようとは思わぬ」

しっかりと柳沢出羽守が見抜いていた。

「はい」

良衛は安堵《あんど》の息を吐いた。

今回は医師見舞いという奇手が使えたが、次もまたとはいかなかった。さすがに医師見舞いというのはそうそうないし、ましてや同じ者が見舞い医師として出向くなど、あり得るものではない。できないわけではないが、やれば、まちがいなく良衛は悪目立ちをしてしまい、今後の探索に大いなる支障を来すことになる。

「御三家については、隠密方《おんみつ》にさせる」

柳沢出羽守が告げた。

「来ると思うか」

「参りましょう。じつは、今朝方すでに」

良衛は柳沢出羽守の質問に、朝の浪人たちによる襲撃を伝えた。

「早いの。そなたが見舞い医師として行くと決まったのは」

「三日前でございまする」

良衛が答えた。

「……三日前か。無頼を手配するには十分なのか」

世慣れた小納戸《こなんど》出身の柳沢出羽守でも、無頼のことまではわからない。

「伝手《つて》があれば、どうにかなるかと」

真野《まの》とのつきあいを含め、外道の医師というのは患者に無頼も多い。なにせ、毎日が斬った張ったなだけに、怪我をして担ぎ込まれてくることがある。

「ふむ」

柳沢出羽守が腕を組んで思案に入った。

「とならば、どこから漏れたかだの。医師見舞いを考えたお伝の方さまの周囲か、御台所さまの近辺か、あるいは受け入れる側の甲府家か」

「わかりませぬ」

良衛は首を横に振った。

「まあいい。そのあたりは、いずれわかるであろう。とりあえずは、甲府家に巣くう慮外者どものあぶり出しよ」

「…………」

すでに餌となっている良衛は、同意したくなかった。

「逃げられると思うなよ。このような上様のご評判にかかわる一件に、余人をかかわらせるわけにはいかぬ。吾《われ》とそなたで片付けるしかない」

「大目付の松平対馬守《まつだいらつしまのかみ》さまは」

かつて良衛を走狗《そうく》とし、大目付から留守居《るすい》への出世をもくろんだ旗本松平対馬守は使わないのかと良衛は問うた。

「あれはならぬ」

一言で柳沢出羽守が切って捨てた。

そもそもは良衛が殿中で起こった大老堀田筑前守の刃傷に疑念を抱いたことで、松平対馬守との縁ができた。その松平対馬守が、頭角を現し始めていた柳沢出羽守に近づき、手頃な駒として良衛を紹介した。

「出世の欲が強すぎる。あやつにこのようなことを話してみよ。上様のご在位は短いと考えて、甲府参議か御三家へ近づいていきかねぬ」

柳沢出羽守が松平対馬守を野心が多すぎると嫌った。

「…………」

野望を知っているだけに良衛はなにも言えなかった。

「その代わりと申してはなんだが、兵部大輔どののことは任せておけ。傷も何もなかったことにしてくれる」

「かたじけのうございまする」

もともと良衛を走狗として使用しているのだ。それで生じた被害はなんであれ、補塡《ほてん》するのが当然である。が、側用人相手に言い立てるわけにはいかなかった。

良衛は礼を述べた。

「あと、上様より矢切の働きに報いてやれとの思《おぼ》し召しである。そなたに五人扶持《ぶち》を加えられる」

「五人扶持でございますか」

柳沢出羽守の言葉に良衛は目を大きくした。

一人扶持は一日玄米五合を支給することをいう。石高に直して五石になり、五人扶持だと二十五石になった。

本禄《ほんろく》が百七十俵の良衛にしてみれば、かなりの加増になった。

「畏れ多いことでございまする」

良衛は深く頭《こうべ》を垂れた。

「上様のお計らいに感謝し、一層励め」

「はっ」

働きに報いられるのは当然なのだが、それでも実際に与えられるとうれしい。とくに武士にとって加増は大きな名誉になる。

良衛は一瞬だが、苦労を忘れた。

四

良衛との会談を終えた柳沢出羽守が綱吉の前へと戻った。

「出羽」

綱吉が目敏《めざと》く柳沢出羽守の帰還を見つけ、手招きした。

「はっ」

うなずきながら、柳沢出羽守が目配せをした。

「遠慮せい」

綱吉が小姓、小納戸を遠ざけた。

「話せ」

人がいなくなるのを待って、綱吉が柳沢出羽守を促した。

「はっ。矢切から甲府家のことを聞いて参りました。やはり、甲府にも手は伸びておるようでございまする」

柳沢出羽守が良衛の報告を簡潔にまとめて語った。

「兄の死もそうだと」

「証《あかし》はございませぬが……」

甲府宰相綱重《つなしげ》のことを言った綱吉に、柳沢出羽守が首肯した。

「あと、矢切が申すには、甲府の豊姫も疑わしいと」

「女まで……ということは、甲府の血を絶やす気か。いや、それでは甲府参議が今も生きているのが、おかしい」

綱吉が首をかしげた。

「御三家にも調べを拡げるべきかと思いまする」

「……神君さまの血筋を断ち切ろうとしている。そう、そなたは考えるのだな」

「いえ」

綱吉の推測に柳沢出羽守が首を左右に振った。

「……まさか」

「家光さまのお血筋を……」

家臣の分際で主君の血筋が絶えるとは口にできない。柳沢出羽守が最後まで言わずに、ほのめかした。

「そなた、なにを申しているかわかっておるのだろうな」

「………」

怖ろしい顔をした綱吉に、柳沢出羽守が無言で肯定を表した。

「もし、御三家に異常がなければ……」

「……………」

柳沢出羽守の呟《つぶや》きのような一言に、綱吉が黙った。

「吾が父の血に恨みを抱いている者となると……駿河《するが》大納《だいな》言忠長《ごんただなが》だが、とっくに死んでおる」

駿河大納言徳川忠長は、家光の弟であった。大人しい家光とは逆に活発な忠長は、父秀忠《ひでただ》、母江与《えよ》の愛情を一身に受け、一時は将軍を継ぐものと思われていた。

「泰平で長幼の序を違《たが》えるのは好ましからず」

まだ生きていた家康《いえやす》が、忠長ではなく家光に徳川を継がせると宣言してくれたことで、三代将軍は決まった。

神君と呼ばれ、崇《あが》められる家康の決定は、その死後も絶対であり、家光は無事に将軍となり、忠長は駿河五十万石の太守となった。

やがて忠長を溺愛《できあい》した江与が死に、家光は復讐《ふくしゅう》の牙《きば》を向いた。忠長に謀叛の罪を着せ、駿河を取りあげ、高崎《たかさき》城へ閉じこめた。大御所となっていた秀忠はまだ存命していたが、家光をそこまで追いこんだ罪の意識で忠長を助けようとはしなかった。

さすがに秀忠が生きている間は、そこまでで我慢していた家光だったが、父の死を受けて、箍《たが》を外して、ついに忠長を自刃させた。

「駿河大納言さまには、お子さまがおられたはずでございますが……」

柳沢出羽守が思い出した。

「松平長七郎《まつだいらちょうしちろう》であったな。あやつはどうしておる」

忠長には男子が一人いたとされていた。

「存じませぬ」

さすがに詳細までは柳沢出羽守でも知らなかった。

「終わった血筋など、誰も気にせぬでの。たとえ生きていたとしても、もうかなりの齢《とし》であろう」

綱吉が寵臣のいたらないところをかばった。

「調べておきまする」

「任せる」

調査をすると言った柳沢出羽守に、綱吉がうなずいた。

「御三家については、奥右筆に問い合わせれば、どうにかなりましょう。御三家の子女は神君のお血を引かれまする。お生まれと同時に届け出はなされておりましょう」

柳沢出羽守が提案した。

四代将軍家綱《いえつな》の治世、大政を委任された保科肥後守正之《ほしなひごのかみまさゆき》によって、末期《まつご》養子の禁は緩和されたとはいえ、跡継ぎなくば断絶は幕府の祖法である。

大名にとって、跡継ぎがあるかどうかは、まさに存亡にかかわる。だからといって、生まれたのでと届け出るのも考えものであった。届け出てしまえば、安心とは言えないのだ。

「幼すぎて政ができぬ」

よほどの事情でもない限り、子供が幼いと家督相続が許されない。

また、届け出れば、大名家の血筋として幕府の目が付く。もし、死んだりすれば、また届け出て、幕府の検死を待たなければならなくなる。江戸で死んだならまだいい。数日で検死がすみ、新たな世継ぎをと言える。しかし、国元で死んだならば、かなりの日数が要る。検死が来て、死体を確認、その結果を江戸へ持ち帰って、ようやく認められる。もし、その間に当主が倒れでもしたら、家は無事ではすまなくなる。

そこで大名は子ができても四歳を迎えるまで届け出なくなっていた。ただし、これはそこいらの大名だから黙認されているだけで、神君家康公を始めとする将軍の血を受け継いでいる場合は違った。

譜代大名ならばまだしも外様《とざま》大名のなかには、まだ徳川の下に立たなければならないのを納得していない者も少数だがいる。他にも徳川から押しつけられた養子や姫の子ではなく、代々の血筋にこそ家を継がせるべきだという考えを持つ者もいる。その辺りにしてみれば、徳川の血を引く子供など論外になる。ために、生まれてから亡き者にしようとすることがあった。小さな子供の死は多い。いくらでも死因をごまかせる。いや、最初から生まれていないとするほうがいい。

徳川幕府にとって、なにより貴い家康の血筋をないがしろにされるわけにはいかない。

幕府は厳しく見張っている。

「御三家については、出羽、そなたに任せる」

綱吉が了承した。

「承りましてございまする」

柳沢出羽守が手を突いた。

「……のう、出羽」

少しだけ逡巡《しゅんじゅん》した綱吉が、寵臣を見つめた。

「はい」

応じながら、柳沢出羽守の声が緊張した。

「吾が父の血筋とあれば……」

もう一度綱吉がためらった。

「……先代将軍、兄家綱はどうであろう」

「上様……」

訊かれた柳沢出羽守が顔を伏せた。

「答えづらいか」

「畏れ入りまする」

柳沢出羽守が許してほしいと平伏した。

「四十歳で隠れた兄には跡継ぎがいなかった。そのお陰で躬《み》が大樹になれたわけだが……兄にも子ができたことは知っておろう」

「はい」

綱吉の確認に柳沢出羽守が首肯した。

「だが、三度ともに生まれなかった。最初は妊娠した側室が急病死、二度目と三度目は寵愛の側室満流《まる》だったが、どちらも流れた」

「…………」

苦い顔でいう綱吉の言葉を柳沢出羽守が黙って聞いた。

「将軍の胤《たね》ぞ。天下の宝じゃ。その宝が、三度も死ぬ。このようなことがあり得てよいのか」

「あってはならぬことでございまする」

こればかりは声高に言わなければならない。黙っていては綱吉の子になにかあってもいいと考えていると思われてしまう。柳沢出羽守が強く否定した。

「だが、あったのだ。たしかにお産は女の大厄じゃ。かならず生まれてくるとは限らぬが、一人の将軍で三度は多すぎる」

「左様に存じまする」

「……一体誰が、このようなまねをいたしておる」

「調べあげねばなりませぬ」

はっきりと柳沢出羽守が告げた。

「……出羽」

「はっ」

「次に生まれる吾が子を死なせるな。きっと申し付ける」

「お任せをいただきますよう。この出羽、吾が命に代えても果たしてみせまする」

命じられた柳沢出羽守が顔を上げた。

「無事に吾が子が元服いたしたならば、その功績は百万石に値する」

「百万石……」

あまりに大きな褒賞を言われた柳沢出羽守が、震えた。


近衛熙子への医師見舞いは終わった。

「なにがあったのだ」

白道《はくどう》が苛立《いらだ》っていた。

今回の医師見舞いは御台所から出されたもので、格式が高く、甲府藩お抱え医師は、見舞い医師の許可がなければ同席できない。

甲府藩お抱え医師は、近衛熙子の居室に近づくこともできず、そこで何が話され、どのようなことがおこなわれたかわからなかった。

「聞き出すしかなかろう」

杢然《もくねん》があきれながら述べた。

「御簾中さまにお伺いすると」

「無理を言うな。御簾中さまにお願いしても、お話しいただけまい。我らも御簾中さまに強要などできぬ」

白道の意見を、杢然が否定した。

「では、どうするのだ。このまま襖の外に置かれたままでじっとしていろと言われるか」

「動かぬというのも手立ての一つだぞ」

迂闊《うかつ》にあがいて、尻尾《しっぽ》を出してしまえばそれこそ、やぶ蛇になる。杢然は状況を確認するまで大人しくしておくのが妙手だと諭した。

「手遅れになったらどうすると」

白道が言い返した。

「……………」

これも正論である。杢然が黙った。

「まったく、役に立たぬ」

不満を杢然にぶつけた白道が腰を上げた。

「貴殿もなにかしら手を尽くしてくだされよ。愚昧だけ働かせて、一人高みの見物など、許しませぬぞ」

　白道が出ていった。

「……高みの見物だと。ふん、とっくの昔に、我らは地の底まで堕《お》ちている。上を見るしかないのだ。どうやって高みにあがるというのだ」

　杢然が吐き捨てた。

　医師控えを出た白道は、その足で奥御殿へ向かった。

「お医師どの、御用か」

「御簾中さまのご体調を確かめさせていただきたく」

　奥御殿との境を守る奥女中から用件を訊かれた白道が答えた。

「御簾中さまへのお目通りを望むか」

　杉戸《すぎと》番の奥女中が問うた。

「いや、御身の廻《まわ》りの世話をしているお女中方のどなたかとお話しできればと思っておりまする」

　近衛熙子に目通りとなると、医師といえどもいろいろな手続きが要る。記録も残される。その点、奥女中にならばさほどの面倒はない。医師は近衛熙子の夕餉《ゆうげ》の献立や入浴の可否などを判断することも仕事になるからだ。

「しばし、待たれよ」

杉戸番の奥女中が近衛熙子の館へと使者に立った。

「……まだか」

奥御殿でも表同様、走ることは禁じられている。奥女中は誰もが、裾《すそ》を気にして足を大きく前に踏み出すことはなく、男に比べてかなりゆっくりになった。

「遅い……いつまでかかっている」

いつもと同じだけしかときは経っていないのに、白道は腹立たしさを覚えていた。

「待たせた。入れ」

奥女中を杉戸から出すことはできない。精進しているので絶対女に手出しをしないと僧体を取る医師が、杉戸をこえるのが無難になる。

開かれた杉戸を通って、白道は奥御殿へ入った。

「そこの座敷を使え。言わずともわかっておろうが、襖は閉めるな」

杉戸番がすぐ隣の座敷を示した。

「承知しておりまする」

いかに医師とはいえ、奥女中と密室で二人きりはまずい。

「少々お伺いしたいことがござる。しばし、おつきあいいただきたく」

白道が奥女中を座敷の奥へと誘《いざな》った。

「ここならば、声は聞こえぬな」

内容が内容だけに、白道は慎重を期した。

「なんじゃ、お医師どの」

座敷には入ったが、しっかり間合いを空けたところで奥女中が立ったままで促した。医師相手でも噂が立てば、奥女中は放逐になる。

「医師お見舞いについてお聞かせいただきたい。お方さまのご健康を預かる医師として、どのようなお話がなされたかを承っておきたい」

見舞い医師の行動を非難するのではなく、参考にしたいと白道は理由を付けた。

「あいにくだが、お他人払いをなされてのことゆえ、なに一つわかっておらぬ」

奥女中が首を横に振った。

「他人払い……我らお抱え医師でさえ、そのようなことは許されぬというに。ただ一度しかお脈を拝見しておらぬ医師に……」

聞いた白道が憤った。

お抱え医師であろうと、奥医師であろうとも、貴人を診察するときには見張りが付いた。薬を扱う医師は、毒の専門家でもある。戦国のころ、敵方に籠絡《ろうらく》された医師によって、命を落とした武将は珍しくない。徳川家康にいたっては、天下の名医を抱えていながら、その処方する薬は服用せず、己で調剤したものを呑《の》んでいたくらいである。泰平になったからといって、医師と二人きりになるなど、あり得ることではなかった。

「なぜお止めせなんだのでござる」

白道が奥女中を責めた。

「無茶を言うな。相手は御台所さまのご名代ぞ。我らが逆らえるはずはなかろうが」

「うっ……」

奥女中の反論に、白道が詰まった。

「なにをお耳に入れたかは……」

「妾はわからぬ。下の間で控えていたからの。知っているとしたら田鶴さまだけじゃ」

「田鶴さま……といえば、年寄の」

白道が確認した。

大奥ではないが、甲府家、御三家の奥はそれに準ずる。大奥ほどの規模はなく、役付の数も少ないが、名称や役目はほとんど同じであった。

「問うてくれようか」

奥女中が田鶴に尋ねてみようかと言った。

「お願いできましょうや」

己で訊くのではなく、奥女中が代わってくれる。思わず白道が身を乗り出した。

「よいが、なぜ、知りたがる」

奥女中が見舞い医師の行動を知りたいという白道の理由を語れと要求した。

「それは……お方さまのご体調を預かるお抱え医師として、見舞い医師どのがなぜ来られたのかを知るべきだと考えましたので。もし、お方さまがなにかしらのお病を患われておられるならば、それを治さねばなりませぬ。これは愚昧一人のことではなく、お抱え医師すべてにかかわりますゆえ」

そう語りながら、白道がすっと袱紗《ふくさ》を取り出した。他人にものを頼むときは謝礼が要った。とくに外へ出られず、なかで贅沢《ぜいたく》をするしかない奥女中を動かすには金が必須であった。

「……たしかにの。承知した。田鶴さまにお伺いしよう。ただ、いつになるかは、わからぬぞ」

袱紗に手を伸ばした奥女中が、日時は明言できないと告げた。

「結構でございまする。なにとぞ、よろしくお願いを申しあげまする」

白道が喜んだ。

要望を果たしたと満足げに帰っていった白道を見送りもせず、奥女中は近衛熙子の館へと戻った。

「田鶴さま、今、少しよろしゅうございましょうや」

奥女中が近衛熙子の側に控えている田鶴に声をかけた。

「なんじゃ、三重《みえ》」

田鶴が顔だけを向けた。

「いささかお伺いいたしたきことがございまする」

「さようか。お方さま、しばし」

「うむ。手早うの」

三重と呼ばれた女中の求めに応じた田鶴へ、近衛熙子が述べた。

「承知いたしましてございまする」

首肯して、田鶴が三重を下の間へと連れ出した。

「さっさと申せ」

田鶴が座るなり急がせた。

「はい。さきほど……」

三重が白道の名前は出さなかったが、お抱え医師からの要望でと伝えた。

「……お抱え医師が、見舞い医師どのの話を知りたい、お方さまのお身体を診るに参考にしたいと」

「そのように申しておりました」

確かめた田鶴に、三重がうなずいた。

「…………」

田鶴が黙った。

「いかがなされました」

三重が怪訝そうに問うた。

「その医師の名は、なんと申す」

「一人ではなく、お抱え医師全体の……」

質問した田鶴に、三重が白道の考えを述べようとした。

「名前じゃ、さっさと申せ。そなたはお抱え医師ではなく、お方さまにお仕えする女中であろう」

代弁するなと田鶴が叱りつけた。

「利山《りざん》白道でございまする」

金を受け取っていても、権力には勝てない。実質甲府家の奥を取り仕切っている田鶴に刃向かって、不要と追放されてはまずい。終生奉公であがった奥から放り出されるのは、役に立たなかったか、不義を働いたか、なにか不始末をしでかしたかになる。これは町屋の女中でもみっともなく悪評になるが、武家だと実家を巻きこんでの失態になった。

「お方さまのご不興を買った」

「番士と密会していたらしい」

「局に出入りする商人から、金を、商品をもらっていた」

どれをとっても主を絶対とする武家においては、してはならないものばかりである。

「娘の躾《しつ》けもできぬ」

こう笑われても文句は言えないのだ。

そして武家にとって恥は、なにがあっても雪《そそ》がねばならない。

「家のためじゃ」

放逐された娘は、運がよくて仏門入り、場合によっては自害を強要されるときもある。

三重があっさりと折れたのも当然であった。

「白道か……」

聞いた田鶴の目が光った。

第四章　役人の争

一

甲府《こうふ》家へ揺さぶりをかけた良衛《りょうえい》は、動きが出るまでいつもと同じ日常を送っていた。

「棟梁《とうりょう》、ちと酒が過ぎるぞ。ここを……」

「い、痛《いて》ええ。先生、勘弁してくださいな」

苦言を呈しながら、肝臓の少し上を押すと、大工の棟梁が悲鳴をあげた。

「……ああ、まったく。痛いとわかっているなら、ちいと力を抜いてくだされればよろしいのに」

大工の棟梁が文句を言った。

「わかっているならば、少しは節制してもらわんと、いかんぞ」

良衛が診療禄《ろく》に所見を記載しながら、苦笑した。

「いやあ、ちょっとここ最近、建前が続きやしてね。棟梁として出ないわけいきやせんでしょう。行けば、まあまあ、一杯となりやすし」

大工の棟梁が言いわけをした。

「仕事のつきあいが駄目だとは言わぬが、死んでしまえば酒は呑《の》めぬぞ」

「…………」

真剣な表情になった良衛に言われて、大工の棟梁が黙った。

「呑むなではない。控えてくれと申しておる。建前に呼ばれたなら、最初の一杯だけで我慢する。家で疲れ休めに呑みたいと思うときは、三日に一回にして、一合で止める。そうすれば、酒も楽しめ、長生きは……ちと難しいが、今すぐにお迎えが来るわけではなくなるぞ」

「少ない……いや、わかりやした」

脅す良衛に大工の棟梁が不満を言いかけて、止めた。

「あとで肝の疲れに効く薬を出しておく。苦いが辛抱しろよ」

「ありがとうございやした」

肩を落として大工の棟梁が診察室を出ていった。

「鬱金《うこん》を出しておいてくれ。あと大豆茶を飲むようにともな」

「はい」

指示を受けた三造《さんぞう》がうなずいた。

「……一応、途切れました」

大工の棟梁の薬を手配し終えた三造が、診察室へ戻ってきて今日は終わりだろうと伝えた。

「そうか。ご苦労であったの」

良衛は軽く伸びをしながら、三造をねぎらった。

「邪魔するぞ」

声をかけると同時に、診察室の障子が開けられた。

「誰だ……真野《まの》どのか」

さっとそちらを見た良衛が緊張を解いた。

医師の門は閉じられてはならない。たとえ夜中であろうが、早朝であろうが、急患というのはある。病も怪我もときと場所を選んではくれないからだ。

「ちいと不用心じゃねえか」

「医者の義務だからな」

たしなめる真野に、良衛が笑った。

「あいかわらず、堅いな。まあ、そのおかげで、こっちは助かっているんだが……」

真野が苦笑した。

「そうだ。礼が遅れた。卯吉《うきち》どのに助けていただいた。貴殿のお指図だと聞いた。感謝している」

良衛が浪人たちに襲われたときのことに礼を述べた。

「役に立ったなら、なによりだ。ああ、そんなに気にしないでくれ。先生になにかあっては、こっちが困るのでな。まともな医者は、我ら無頼を診たがらねえし、深《ふか》川《がわ》あたりの筍医者《たけのこいしゃ》じゃ、こっちが死んでしまう」

真野が手を振って、気にするなと言った。

筍医者とは、これから大きくなって藪《やぶ》になるという、とんでもない技術の低い医者のことを茶化した悪口であった。

「とにかく、礼は言う」

良衛はもう一度頭を下げた。

「止めてくれ、尻《しり》の座りが悪いわ」

嫌そうに真野が頬をゆがめた。

「さて、遊んでいるわけにもいかぬのでの。用件に入ろうか」

真野が表情を変えた。

「話はなんだ」

良衛も聞く姿勢になった。

「先日の浪人どもだがな」

「なにかわかったのか」

「江戸《えど》から消えたわ」

「えっ……」

真野の言葉に、良衛は絶句した。

「もっとも、江戸中を確かめたわけじゃねえがな。ここ最近、あいつらの姿を見た者がいねえ」

「逃げ出したか……」

「消されたかだな」

良衛に真野が続いた。

「今、無縁仏を扱う寺を調べさせている」

明暦《めいれき》の火事で、江戸は無縁仏が増えた。振袖《ふりそで》火事とも言われる大火は、江戸を灰燼《かいじん》に帰し、被害を受けた者は十万人に及ぶ。一家全滅したところも多い。いや、墓や過去帳を預かっていた寺が焼け落ちたのだ。どこの誰かさえわからないのだ、菩提寺《ぼだいじ》など探しようもない。やむなく幕府が回向院《えこういん》という火事被害者の供養寺を建てたが、それで足りるはずもなく、江戸のあちこちに無縁仏を受け入れる寺ができた。

「わかるのか」

「住職がいる寺は、簡単だな。仏が増えたことを知らないはずはない。無縁仏とはいえ、葬送のときには、多少なりとて供養金が出るからな」

行き倒れであっても、無縁仏として葬るときには、町内からわずかな読経代が出された。ちゃんと供養しなければ、化けてでるのではないかとか、祟《たた》るんじゃないかとか、町民が怖れるからであった。

「無住の寺はどうする」

無縁仏を扱う寺は、供養をする者がいないので、布施や供物が入らず貧しい。僧侶《そうりょ》といえども食べていかねばならないのだ。食べていけない無縁仏の世話をするより、檀家《だんか》の多い寺で下働きをしたほうが金になるため、無縁寺は無住が多かった。

「なあに、そのときは遠慮が要らねえ。掘り返すだけだ」

あっさりと真野が告げた。

「掘り返すか……」

良衛は驚いた。

「最近、新たに仏を埋めたかどうかは土を見ればわかる。ひっくり返された土は湿って濃い色をしているからな。でなくとも、雑草がそこだけなくなっている。そこを掘れば……」

「腐っていてはわかるまい」

人は死んだ瞬間から腐り出す。

「まだ六日ほどだろう。夏じゃねえしな。とくに土に埋めたものは腐敗が早い。いかにお江戸とはいえ、そうそう行き倒れもでねえしな。顔くらいは判別できるだろう。それに、」

良衛の懸念を真野がなんとかなると振り払った。

「すまぬな」

「いや、気にしないでいい。ちいと引っかかったのだ」

礼を口にした良衛に、真野が手を振った。

「なにが引っかかったのだ」

「卯吉に聞いたのだがな。最初、浪人どもは先生の屋敷が、おいらの庇護下《ひご》にあると知らなかったとか」

「ああ、卯吉どのに言われて、慌てていたな」

　良衛が思い出した。

「おいらの名前は知っていた」

「知っていたどころか、怯《おび》えていたぞ」

　確認した真野に、良衛が付け加えた。

「用心棒の名前もそこそことおるが、やはり親分には敵《かな》わねえ。おいらの名前が江戸の闇に知れたのは、辰屋《たつや》を始末して縄張りを奪ったからだ。一時は江戸中の話題になったくらいだからな」

　真野が苦笑した。

「その縄張りで刺客をする。普通は、前もって挨拶《あいさつ》をする。さすがに誰を狙うとまでは教えないが、縄張りで仕事をさせてもらうという断りは入れる。でなければ、刺客になるくらいの腕を持つ子分を縄張りに侵入させたとなり、戦になるからな」

　縄張りは動物でも同じだが、無頼が生きていくもととなる。無頼にとって縄張りは、必死に守らなければならないものであると同時に、隙あらば奪い取ろうと狙うものでもあった。

「それをしなかった。挨拶なんぞちょっとした金を持ってくるだけで、半日もかからない」

「どのくらいの挨拶をすべきなのだ。あまりに高いと嫌がる者もでよう」

　真野の説明に、良衛が問うた。

「挨拶金は、一両ほどだな」

「大金だが、思っていたよりは少ないな。刺客とはどのくらいの金で引き受ける」

　金額に良衛は微妙な顔をした。

「相手によるな。安ければ一両くらいで引き受ける者もいるだろうし、高くなれば百両はおろか千両ということもある」

「千両……」

　大金に良衛が息を呑んだ。

「大坂《おおさか》の豪商の跡継ぎ問題とか、大名家のお世継ぎとか、いろいろあるだろう。それくらいの金なんぞ、安いと思う話が」

　淡々と真野が語った。

「大名家……どうやって」

「それは先生の頼みでも言えねえよ」

啞然《あぜん》とする良衛に、真野がにやりと笑った。

「真野どのよ、愚昧《ぐまい》だといくらだ」

良衛が好奇心を抑えきれなくなった。

「……そうよなあ。まず二百両だな」

「意外と高いな」

金額の提示に良衛が目を大きくした。

「おいらが出向くことになるからな。配下じゃ、十人は覚悟しなきゃいけねえ。あ
あ、被害の話だぞ」

真野が述べた。

「…………」

「心配するな。たとえ千両積まれても引き受けねえよ。先生を失えば、誰がおいら
たちの身体を診るんだ。切った張ったの無頼にとって、信用のできる外道の医者ほ
ど貴重なものはねえ」

黙った良衛に、真野が否定した。

「それに千両もらっても、片腕を失っては割りが合わねえ」

「片腕……」

「先生と刀で戦って、無事ですむとは思っちゃいねえよ。そして片腕になっては、縄張りを締めていけなくなる。かならず、子分のなかから叛乱《はんらん》を起こすのが出てくる」

真野がため息を吐いた。

「話がずれたな」

違うところに焦点がいったと真野が首を左右に振った。

「挨拶をする気がなかったとは思えねえんだよ。挨拶をしなくても良いとこっちを舐《な》めているなら、卯吉に言われて逃げ出すことはねえ。卯吉をやってしまえば、証人はいなくなるからの」

「挨拶をしている暇がなかった」

「だろうよ。一応、狙われている身だ。居所もはっきりはさせていねえし、一カ所に留《とど》まってもいねえ。急ぎで挨拶をというのは、なかなか難しい」

良衛の意見を真野が認めた。

「慣習を破ってまでの急ぎ」

「もう一つ、おめえさんをただの医者だと思いこんでいた。小半刻《とき》どころか、煙草を数服吸い付けるていどで終わると甘く見ていた」

真野が良衛に付け足した。

「浪人どもの生死にこだわるのはなぜなんだ」

刺客が無理をしていたとわかっただけでもありがたい。良衛は残った疑問を真野に尋ねた。

「あいつらを先生のもとへよこした野郎が気になるのさ」

「……どういうことだ」

無頼とつきあってはいるが、良衛はその生業に足を入れていない。真野の求めているものがわからなくて当然であった。

「刺客を先生はどういったものだと思っている」

「金をもらって、他人を殺す、極悪非道な輩《やから》だな」

「極悪非道とはひでえな。おいらも刺客だったんだぞ」

断じられた真野が、天を仰いだ。

「普通の者からはそうとしか見えぬ」

「たしかにな。こっちもまともな仕事だとは思ってもいねえよ」

良衛に言われた真野が同意した。

「さて、そんな嫌われ者の刺客だが、どうやって仕事をしていると思う」

「仕事を……」

「表通りに看板を出しているわけでもない、大声で刺客承りまするると呼び歩いてもいねえ。どうやって客を見つける。そして、客は殺したい相手を見つけたとき、どうやって刺客を依頼する」

考えこんだ良衛に真野が述べた。

「刺客を表の仕事にはできぬ。そんなことをすれば町奉行所が黙ってはいない」

「他にもあるぞ。客が刺客を町奉行所へ売ることも考えなきゃならねえ。そもそも刺客を雇おうというような連中がまともなはずはねえ。成功したときの報酬を払いたくない、刺客を使ったことを知られたくない、そんな客にしてみれば、用済みになった刺客は面倒でしかねえだろう」

「たしかにな」

良衛が納得した。

「刺客を頼むには、おおむね、地の親分に話を通すのさ。親分に事情を告げて、金を払う。親分は仲介料を取った残りを刺客に渡し、仕事をさせる。こうすれば刺客と客が直接顔を合わすことはなく、互いの秘密は守れる」

「地の親分が両方を売るということはないのか」

良衛が疑問を呈した。

「ないとは言えねえが、やったら終わりだからな。客と伝手《つて》を一気に失う、どころか刺客業の連中から相手にされなくなる。仕事を受けたら町奉行所へ売られるんじゃ、たまらねえだろう」

「たしかにな」

「それに、わざわざ御上に売るほど、おいらたちは徳川《とくがわ》さまに恩はねえ」

真野が険しい声で言った。

「…………」

その裏にある想いを感じて、良衛は沈黙した。

「挨拶もできないほどの急ぎ仕事なんぞ、刺客はまず受けない。殺す相手のことを調べる暇もないからな。相手が剣術の遣い手だったら、迂闊《うかつ》に襲いかかって返り討ちに遭うことになる。十二分に探って、これならやれるとわかるまで手出しをしないのが、いい刺客であり、それをさせないのが仲介の親分の仕事。それを破ってまでしなきゃいけないとなると……」

「依頼した者が相当な大物か、かなりの金額を積んだか」

真野の後を良衛が受けた。

「もう一つは、依頼人が嘘を吐いたときだな。先生のことをただの気弱な医者だと刺客に教えた」

「たいしたことはないと考えて、まともに調べもせずに来たと」

「ああ。おいらはそうじゃねえかなと思っている。普通はそれでも親分が手配をするので、こういった失敗はまずない」

真野が首肯した。

「ということは……」

「刺客と依頼者が直接遣《や》り取りした」

促された真野が応じた。

「刺客とかかわりがある者……そんな者がいるのか」

「なにを言っている。先生もそうだろうが」

「あっ」

指さされた良衛が啞然とした。

「意外だろうが、闇との距離は近いものなんだぜ」

すっと真野が笑いを消した。

「では……」

「間に他人が入っていれば、そっちと話を付ける。でなきゃあ、直接顔を見にいくことになるな。こっちにしてみれば、縄張りを荒らされたも同然なんだ。きっちりとした後始末をつけさせねえと、おいらの沽券《こけん》にかかわる」

真野が口の端をゆがめた。

中根新三郎《なかねしんざぶろう》のもとから放たれた久吉《ひさきち》は、仲間を集めた。

「どうした」

「今ごろになってお呼び出しとはの」

久吉の家に顔を出した者たちは、急な呼び出しに怪訝《けげん》な顔を隠そうともしなかった。

「よく来てくれた。まずは礼を言う」

久吉が謝意を示した。

「そんなのは、どうでもいい。用件を話せ」

肉付きのいい中年の男が、急《せ》かした。

「中根新三郎さまより、お指図が出た」

「なにっ……」

「いまさらか」

久吉の言葉に集まった者たちがざわついた。

「最後の任から、もう数えるのも嫌になるほどの年数が経ったぞ」

「二度とお役を命じられることはないと安堵《あんど》していたというに……」

やがてざわめきは不満へと形を変えていった。

「……静かにせい」

ひとしきり文句を言わせていた久吉が、声をあげた。

「先祖からの申し送りぞ」

久吉が厳しい声を出した。

「漂泊の者として、世から見捨てられた我らに定住の場所をくださったのは、中根壱岐守《いきのかみ》さまである」

「……それはそうだが」

白髪の参加者が勢いを失った。

「何代前のことだ。中根さまで三代だぞ。我らのなかには五代過ぎた者もおる。かくいう儂《わし》で四代目じゃ。今更、そんな錆《さ》び付いた話を持ち出されても困る」

中年の男が反駁《はんばく》した。

「恩を捨てると言うのか、お前は」

久吉が中年の男を睨《にら》んだ。

「捨てると言うとなんだが、もう、十分お返ししたと思う。そもそも先祖からして、中根壱岐守さまのご命《めい》で何度も命をかけているではないか」

中年の男が言い返した。

「日蔵《ひぞう》、おまえの言うのは天草《あまくさ》の乱のことか」

「そうだ」

久吉から日蔵と呼ばれた中年の男がうなずいた。

「たしかに、そうじゃ。天草の乱で、儂の曾祖父《そうそふ》は怪我を負ったというぞ」

白髪の参加者が同調した。

「儂のところもだ」

口々に他の者も言い出した。

「黙れ」

久吉が厳しく命じた。

「…………」

一同が黙った。

「中根壱岐守さまが、我々の先祖にお役目をくださらなかったら、今、おまえたちは生きているのか」

「それはっ……」

「子や孫を喰《く》わせていけるのか、いや、子や孫を作れたのか」

「……うっ」

重ねられる久吉の質問に、誰も答えられなかった。

「現況を当たり前だと受け入れるな。そのために中根の殿さまがしてくださったことを忘れるな」

「…………」

久吉の言い分に、誰もなにも言えなかった。

「あと、もう一つ、中根新三郎さまよりお預かりしたことがある」

じっくりと久吉が集まった者たちの顔を見た。

「よく聞け。心して聞け」

もう一度久吉が集中を要求した。

「此度《こたび》のことをもって、我らを解き放つとのご諚《じょう》である」

「おおっ」

「なんと……」

「ありがたいことだ」

久吉の発表に一同が感激した。

「その代わり、決して失敗は許されぬ」

「わかっておる。覚悟はしている」

「子や孫に、この因果を送らずともすむならば、命くらい差し出すのに躊躇《ちゅうちょ》はない」

念を押した久吉へ、皆が決意を見せた。

「よいな」

もう一度確認した久吉が、一層表情を厳しくした。

「では、中根新三郎さまのお指図を言う。幕府医師矢切《やきり》良衛と甲府藩医師利山白道《りざんはくどう》、同仮屋杢然《もくねん》を討て。新居《あらい》奉行所与力津山《つやま》と大坂城代副番《そえばん》番士安田《やすだ》の二人も始末せよ。この二つである」

久吉が告げた。

「江戸と遠国《おんごく》か。二手に分けねばならぬな」

日蔵が口にした。

「我らが十名、仕留めるのが五名。獲物一人に二人で対処すればよい。大坂へ二人、新居へ二人、残りで江戸をでよかろう」

白髪の老人が述べた。

「いや、大坂へ行く途中に新居がある。行きがけの駄賃か、帰りの土産かで新居もやれよう。そちらに四人は多い。三人ですませ、七人で江戸を片付けるのがよいのではないか」

若い男が手を上げた。

「伊織《いおり》の申すのも一理あるの」

久吉が認めた。

「中根新三郎さまからは四名を遠国にと言われたが、相手が大した者ではないからな。もと台所人だ、庖丁《ほうちょう》以外の刃物は持ったことさえなかろう」

「ふむ。それならば江戸も同じであろう。医者ではないか。医者坊主など、一人で全部片付けても一日かかるまい」

久吉の話に、日蔵が応じた。

「それでは、六人余るだろうが。最後の御奉公だぞ。なにもせずに遊んでいるというのは許されぬ」

白髪の参加者が反対した。

「それもそうだな。では、最初の通り、二人で一人といくか」

あっさりと日蔵が折れた。

「では、誰が誰をやるかを決めようぞ」

「おう」

久吉の合図に、皆が首肯した。

二

白道の望みは三日後に叶《かな》えられた。

「三重《みえ》さまが、お呼びじゃ」

甲府家の奥から、女坊主が使者で来た。

お城坊主と同じで、女坊主も剃髪《ていはつ》して俗世を離れたとの体を取ることで、表と奥を自在に行き来した。

「ありがたし」

喜んだ白道が、手早く小銭を懐紙に包むと女坊主に渡した。

「遠慮なく」

心付けを受け取った女坊主が、白道を奥へと案内した。

「……まだか、尼僧どの」

いつもならば杉戸をこえたばかりの座敷で話をする。しかし、今日はかなり奥へと連れこまれていた。

「もうすぐでござる」

女坊主が淡々と言いながら、足を進めた。

「まもなくお方さまのお館《やかた》になる」

白道が辺りを見回した。

「ここじゃ」

ようやく女坊主が止まった。

「ここで待てばよいのじゃな」

少し先に館の門が見える小座敷の襖《ふすま》を開けられた白道が確認した。

「そのように言われておる。では、これで」

用件はすんだと女坊主が去っていった。

「………」

不安だが、廊下で立っているわけにもいかなかった。他の奥女中に見られると、咎《とが》められてしまう。医師といえども、無用な立ち入りはできないのが奥であった。

「三重どのはお方さま付じゃ。杉戸まで出向くだけの暇がないのであろうか」

独り言を口にしながら、白道が座敷のなかへ入った。

「襖は閉めておくべきだな」

見つかればまずいことになりかねないとわかっている。白道はもう一度立ちあがって、襖を閉めようとした。

「へっ……」

その襖の前に、立派な裲襠《うちかけ》を纏《まと》った奥女中が立ち塞《ふさ》がった。

「利山白道だな」

「た、田鶴《たづる》さま……」

立ち塞がった奥女中から確認された白道が唖然とした。

「み、三重さまは」

「謹んでおる」

呼び出した奥女中三重のことを白道が訊《き》き、田鶴が謹慎させたと答えた。

「……謹み」

白道が息を呑んだ。奥女中の罪は表の役人に比べてあまり細かく分かれてはいなかった。大名家や大奥でいろいろと違いはあるが、その処罰は概《おおむ》ね、叱責《しっせき》、差し控え、謹慎、禁錮《きんこ》、放逐になった。もちろん、主《あるじ》を害しようとした者はこれですまないが、ほとんどの場合、襲われた主の外聞を慮《おもんぱか》って、表沙汰《おもてざた》にしない。密《ひそ》かに始末を付け、実家も別の理由で潰《つぶ》された。

つまり、謹慎は奥女中として、かなり重い咎めであった。

「座りや」

座敷の奥を田鶴が指さした。

「は、はい」

甲府家奥の実力者田鶴に命じられては逆らえない。白道が襖から離れた。

「さて、お見舞い医師どのの話を訊きたいそうじゃの」

「お方さまのお身体を拝見仕《つかまつ》っている医師として、知っておくべきかと」

立ったままで田鶴が問い、座らされた白道が見上げるようにして答えた。

「三重もそのように申していた」

田鶴がうなずいた。

「でございましょう。愚昧は、お方さまのことを考え……」

「さえずるな」

自己弁護を始めた白道を、田鶴が一言で黙らせた。

「三重がなぜ謹みになったかを考えておらぬようだな。お方さまのことを外へ漏らすようなまねをいたしたゆえだ」

田鶴が三重を断じた。

「外、お抱え医師は外だと」

「奥の者ではあるまい。ならば外であろう」

「それでは、医師が務まりませぬ。医師が患家《かんか》のことを知り尽くしていなければ、まともな治療はできませぬ」

近衛熙子《このえひろこ》の主治医として当然の要求だと白道が胸を張った。

「医師としての務めだと」

きっと田鶴が白道を睨みつけた。

「…………」

その迫力に白道が縮みあがった。

「では、問う。お方さまのお身体に、なにか気を付けねばならぬところはないか」

「ございませぬ。お方さまは健やかであらせられまする」

田鶴の質問に、白道がただちに返答した。なにかあると答えるわけにはいかないのだ。異常があるとわかっていながら、なんの手当もしていないとなれば、お抱え医師の意味がなくなる。お抱え医師を馘《くび》になるだけですむならばいいが、下手をすれば放逐の後、町奉行所へ引き渡される。お抱え医師はその期間武士として扱われるが、辞めさせられたら町人に戻る。主への医術手抜きとして、町奉行所で裁かれ、下手をすれば死罪、運がよくて遠島に処される。

「……さようか。それは重畳」

田鶴が感情の抜け落ちた顔をした。

「では、もうよいな。帰れ。お方さまにはなんの問題もない。そなたが知るべきものもない。そうだな」

「……はい」

そう言われれば、これ以上求めるのはまずい。白道が首肯した。

お抱え医師控えに戻った白道に、杢然が近づいた。

「どうした、顔色が尋常ではないぞ。体調でも悪いのではないか。今日はもうお屋敷を下がったほうが」

杢然が心配してくれた。

「か、顔色……」

白道が己の両頬に手を当てた。

「真っ白だぞ。血の気がまったく感じられぬ。なにがあった」

杢然が尋ねた。

「ここではなんだ。あとで訪ねてきてくれるか」

白道が杢然を誘《いざな》った。

「増上寺《ぞうじょうじ》門前だったの、貴殿のお屋敷は」

「そうだ。門前の右手前二筋目を入ってくれれば、すぐにわかる」

確かめた杢然に白道がうなずいた。

武家の屋敷は表札をあげない。屋敷は主君からの預かりもので、いつ引っ越しや明け渡しを命じられるかわからないから、所有を示す表札を出さないと言われている。

しかし、医師は別であった。夜中にまちがえて患者を運ぶなどがあれば、近隣に迷惑がかかる。それを避けるため、医師の屋敷はどこでも大きな看板を出していた。

「よく来てくれた」

杢然を出迎えた白道は憔悴《しょうすい》していた。

「どうした、昼間よりも悪いぞ」

白道を見た杢然が目を見張った。

「ばれた……」

「なんじゃ。もう一度言うてくれ」

聞き取れなかったと杢然が、白道に求めた。

「我らがやっていることが、お方さまにばれた」

「な、なにを言っている。そんなわけなかろう。今までずっとなにもなく来たのだぞ。それが急に……」

もう一度語った白道に、杢然が呆然《ぼうぜん》としながらも否定しようとして口ごもった。

「見舞い医師か」

「…………」

杢然の言葉に、白道が無言で首肯した。

「詳しく話せ」

ていねいな口調をかなぐり捨てて、杢然が白道に迫った。

「今日、田鶴さまから……」

「まずったな」

事情を知った杢然が舌打ちをした。

「藪を突《つつ》いて蛇を出したな。これで少なくともそなたが、お方さまになにかをしているいると知られてしまった」

「愚昧だけか……」

「儂の名前を出したのではなかろうな」

一人に押しつけるつもりかと言いかけた白道を、杢然が鋭い目で見た。

「……出しておらぬ。愚昧がなにかしたという証拠もない」

白道が否定した。

「いや、なにもしていないという証拠を与えてしまった。お抱え医師すべてを入れ替えられるぞ」

患者の病を知りながら、ほおかむりをしている医者を信じる者などいない。

「好都合ではないか。ならば愚昧も目立たぬ」

「愚か者が。それくらいのことも気づかぬのか」

杢然があきれた。

「どういうことだ」

「少し考えてみろ。なにも知らなければ、動かないのだ。それをそなたは奥へちょっかいを出した。つまり、知っていると白状したも同然」

「あっ……」

言われた白道が声をあげた。

「ど、どうすればいい」

白道が泣きそうな顔をした。

「逃げろ、捕まる前に逃げ出せ。江戸を離れて遠くへ行け。そうすれば助かる」

「遠くへ行くだけで助かるのか」

杢然の案に白道が不安そうな顔をした。

「甲府公は、次の将軍を狙っておられる。そのお方の膝元《ひざもと》で、御簾中《ごれんじゅう》さまがかかわるもめ事が世間にばれるのはまずい」

将軍は公明正大、清廉潔白、傷一つないのが条件である。杢然は、外聞を気にする甲府家が、逃げた白道を大々的には追わないだろうと考えていた。

「どこへ行けば……」

「京や大坂、長崎《ながさき》は御上の力が強いので、避けるべきだな。できるだけ御上の手が伸びないところ、そうよな、御三家《ごさんけ》尾張《おわり》さまか紀州《きしゅう》さまの城下などがよいと思うぞ」

まだ不安そうにしている白道に、杢然が勧めた。

「なるほど、御三家となれば、御上も手出ししにくいの」

白道が納得した。

「わかったならば、急げ。甲府家からお抱え医師を罷免すると言われれば、町奉行所の手が伸びるぞ」

「それはいかぬ。ただちに用意をして……」

杢然に急かされて白道が慌てた。

「明日の朝には江戸を出ておかねばなるまい」

「そうだ。持ち出すのは薬剤と診察道具と金、当座の着替えくらいでいいな」

白道が用意を考え出した。

「持ち運びができぬものは、儂が預かっておいてやる。落ち着いたら報《しら》せよ、送りつけるなり、江戸で金に換えて為替《かわせ》を出すなりしてやる」

「かたじけなし」

杢然の厚意に白道が感激した。

「用意の邪魔になってはいかぬで、これで失礼しよう。どこかで息災にな」

「世話になった」

別れの挨拶をした杢然に、白道が礼を述べた。

「愚かだな。若さはうらやましいかぎりだが、経験が浅すぎるのは欠点になる」

白道の屋敷を出た杢然が独りごちた。

甲府家は外聞を気にして表沙汰にしないと杢然が言ったのを白道も聞いていた。

つまり、甲府家のお抱え医師を誡になっても、町奉行所が来ることはないのだ。

「少し煽《あお》っただけで、思考が固くなる。あれでは、初見の病に当たったとき、なにもできずに慌てるだけだろうな。とてもいい医師にはなれぬ」

歩きながら杢然が白道を批判した。

「まあいい。あやつが儂の隠れ蓑《みの》になる。儂にはまだまだやらねばならぬことがある。お方さまが、いや、奥にいる女の誰かが孕《はら》んだときの後始末をな」

杢然が冷たい顔で呟《つぶや》いた。

三

謹慎を言い渡された一門への見舞いは難しい。心配しているというのを前面に出すならば、当日、あるいは翌日に出向いて慰めるべきではあるが、それは難しい行為であった。

謹慎を言い渡したほうにしてみれば、即座の見舞いなど処分に対する不満、非難と取れるのだ。

「あやつへの儂の采配《さいはい》に文句があるのだな。ならば……」

見舞いに来た者まで咎めるか、もしくは謹慎を他人の出入りも許されない閉門など重いものにしかねない。

良衛は数日の間を置いてから、岳父である今大路《いまおおじ》兵部大輔《ひょうぶだゆう》の屋敷を訪ねた。

「……矢切か」

今大路兵部大輔が大きくため息を吐いた。

「申しわけございませぬ」

意図したことではないとはいえ、今大路兵部大輔謹慎の原因になったのはたしかなのだ。良衛は詫《わ》びた。

「そなたが悪いわけではない。ただ、機が悪すぎた」

今大路兵部大輔が苦く頬をゆがめた。

「半井出雲守さまでございますか」

「そうだ。まったく、鬼の首を取ったように喜んでいたわ」

良衛の出した名前に、今大路兵部大輔がうなずいた。

「先日、御広敷番医師溜《おひろしきばんだまり》までお見えでございました。医師見舞いの内容を語れと」

「……見舞い医師が見聞きしたことは主君以外に口外無用であると知らぬのか。知らぬか。吾《わ》が家もそうだが、半井も幕府の医術から外されて久しい。見舞い医師になった者など、歴代で誰もおらぬのだ。わからずしても無理はないか」

小さく今大路兵部大輔がため息を吐いた。

「で、話してはおるまいな」

「御台所《みだいどころ》さまのお名前を出しましたところ、お引きくださいました」

「さすがに喧嘩《けんか》を売ってはならぬ相手はわかるらしい」

今大路兵部大輔が笑った。

「その後で、柳沢出羽守《やなぎさわでわのかみ》さまにお目通りを願いまして」

「……なにをするか、そなたは」

良衛の報告に今大路兵部大輔があきれた。

「いえ、医師見舞いの結果をご報告いたさねばなりませんでしたので」

「………」

今大路兵部大輔の表情が険しくなった。

「まさかと思っていたが、甲府家もか」

「…………」

問うた今大路兵部大輔に、良衛が無言で首を縦に振った。

「家光《いえみつ》さまのお血筋を害するのが目的……」

「わかりませぬ。御三家、できれば越前《えちぜん》家も調べてみなければ」

越前松平《まつだいら》家は家康《いえやす》の次男結城秀康《ゆうきひでやす》を祖としている。本来ならば、御三家の上に立つ名門であるはずだったが、豊臣秀吉《とよとみひでよし》のもとへ人質に出され、その養子となった過去が邪魔をして、徳川の一門でありながら、本家筋からは外されていた。

「それもそなたが……」

「さすがに無理でございまする。そこは柳沢出羽守さまがお引き受けくださいました」

唖然としかけた義父に、良衛が否定した。

「その代わり、甲府家のことをしっかり探ってこいと命じられましてございまする」

「そうか。苦労だの」

今大路兵部大輔がねぎらった。

「あと、柳沢出羽守さまに義父上《ちちうえ》のことをお話しいたしましたところ、随分と気にかけてくださいました」

「ありがたいことだ」

柳沢出羽守の配慮に感謝する振りをしながら、今大路兵部大輔が良衛に礼を言った。

「…………」

黙って良衛が首を小さく横に振って、気にしないでくれと伝えた。

「となれば近日中に謹みは解かれるな」

「ではないかと」

ほっと安堵した今大路兵部大輔に、良衛が同意した。

「矢切が来ておるのでございますか」

返答も待たず、襖が開き、紬《ゆう》が入ってきた。

「これ、無礼であろう」

今大路兵部大輔が娘の紬をたしなめた。

「無礼は後ほど謝罪いたしまする」

父のほうに頭を下げて、紬が良衛へと向き直った。

「矢切、そなたのおかげで父の、いえ、今大路家の経歴に傷が付いたではありませんか。この責はどうとるのです」

紬が良衛を弾劾した。

今大路兵部大輔と正室の間に生まれた紬は、名医奈須玄竹《なすげんちく》の孫、寄合医師二代目奈須玄竹のもとへ嫁していた。

「やめんか、紬。矢切は御台所さまのお指図に従っただけである。矢切を非難するは、御台所さまを非難するも同じぞ」

今大路兵部大輔が娘をたしなめた。

「父上さま、ですが謹みを命じられたのは、この矢切が医師見舞いに出ることを報せなかったからでございましょう」

「その話、どこで聞いた」

反論した紬に今大路兵部大輔が険しい声を出した。

「夫が、殿中で聞いて参りました」

父の厳しい態度に紬が素直に答えた。

「奥医師どもじゃな」

今大路兵部大輔が口の端をゆがめた。

寄合医師は奥医師の控えである。奥医師に欠員が出たとき、あるいは十分に医術研鑽《けんさん》がなったと認められたとき、出世する。その習慣があるため、寄合医師は奥医師たちの医術諮問に答えるために、数ヵ月に一度登城した。

幕府医師で小普請《こぶしん》医師に次いで格下とされる御広敷番医師でありながら、良衛が綱吉《つなよし》の信を受け脈を取ったことが、奥医師の反発を招いていた。

「奈須玄竹の妻が、吾が娘と知っての嫌がらせであろう」

「ですが父上、偽りではございませんでしょう」

「たしかに謹みをご老中さまから言われたが、すでに誤解は解けている。すぐに吾が咎はないものとなる」

まだ不満を持つ釉を今大路兵部大輔が宥《なだ》めた。

「それでも父上さまが謹みを受けられたということは、世間に残りまする」

釉が良衛を睨みつけた。

「名門今大路家の名前が……」

崩れるようにして釉が泣いた。

「いい加減にせぬか。矢切はお役目を果たしただけぞ」

「御家人ごときを一門に迎えるからこのようなことになるのでございまする。どうぞ、弥須子《やすこ》を離縁となし、矢切と絶縁をなさってくださいまし」

釉が今大路兵部大輔に願った。

「馬鹿なことを申すな」

今大路兵部大輔が首を横に振った。

もともと外道医として評判のよかった良衛を一門に取りこみ、幕府医師にして出世をさせ、医師の名門今大路家の名を高めようとして、今大路兵部大輔から求めた縁談なのだ。良衛から離縁を言い出されるならまだしも、今大路兵部大輔から要求するのは、筋に合わなかった。

「弥須子と一弥《いちや》を引き取らせていただきまする」

良衛が預けている妻子を連れて帰ると告げた。

「いや、それは……」

今大路兵部大輔が表情を変えた。

もともとは長崎へ遊学する間ということで妻子を預かったのだが、良衛が江戸へ戻ってきてからも帰さなかったのは、それだけの理由があるからであった。

良衛が綱吉の食事に不審な点があることを見つけてしまった。

「すぐに上様のお身体になにがあるわけではございませんが……このままではかならず体調が悪くなりまする」

通常の数倍という塩の強い食事を出されていた綱吉の状況を良衛は懸念した。

「上様のお命を」

その元凶が綱吉がまだ将軍になる前からだと判明、その奥にある影を良衛は調べるように綱吉、柳沢出羽守たちから命じられた。

将軍殺しに繋《つな》がりかねない状況の解決に当たる。これがどれほど危険なことかは言われずともわかる。敵はばれれば九族《きゅうぞく》皆殺しになる大罪を犯しているのだ。捕まれば終わりだとわかっているだけに、調べようとする者を見逃すことはない。

良衛は命を狙われている。その危険なところへ娘と孫を置くわけにはいかぬと今大路兵部大輔が気遣った結果、弥須子と一弥はそのままここにいた。

「まだよろしくはないだろう」

「ご迷惑をおかけしました」

今大路兵部大輔の引き留めを良衛は断った。

「出ていきなさい。二度と今大路の敷居を跨《また》ぐことは許しません。疫病神が」

釉が良衛を指さして糾弾した。

「それ以上は言うな」

「では、ごめんを」

娘を怒鳴りつけた今大路兵部大輔へ、良衛は一礼して席を立った。

帰るぞと良衛の迎えを受けた弥須子が不安そうな顔をした。

「旦那《だんな》さま」

「姉上になにか言われたな」

良衛が嫌そうな顔をした。

紬は妾腹《しょうふく》の妹弥須子を蔑《さげす》み、辛《つら》く当たってきた。それも弥須子が嫁いだ良衛の医術が城中で評判になってからますます強くなった。

「あのていどで長崎へとは、身の程を知らぬにもほどがある。長崎へ遊学するならば、吾が夫こそふさわしい」

良衛の長崎遊学が決まったときは、とくに酷《ひど》かった。

「大事ない。そなたの気にすることではない。義父上さまの謹みはまちがいだとまもなく御上が取り消される」

「まことでございましょうか」

良衛の保証にも弥須子は納得していない。

「数日でわかることだ。さあ、帰るぞ、一弥も用意をいたせ」

妻と子を促して良衛は今大路の屋敷を出た。

四

足手まといというより人質にされかねない弥須子と一弥を、やむをえないとはいえ連れ帰った良衛は、ただちに動いた。

「三造、卯吉どのを探してくれ。おそらく、今日も屋敷を見張ってくれていよう」

良衛が三造に命じた。

「へい」

弥須子と一弥が帰ってきたことを受けて、三造も緊張していた。三造が駆け出した。

「……旦那さま」

その様子に弥須子が小さく身を震わせた。

「なにも知らずでは困るか」

黙って逃げろとか、どこへ行けとか指示するのはたやすいが、されるほうが唯々《いい》諾々《だくだく》として従うとは限らない。

「なぜ、どうして」

疑問を持っていては、どうしても初動に遅れが出る。将軍の命にかかわることだけに、今回は無頼を相手にするのとは違う。弥須子と一弥にも危機感を持たせなければならないと良衛は判断した。

「今回の義父上のことも含めてになるが、吾《われ》は今……」

良衛は事情を語った。

「上様の……」

「………」

弥須子が蒼白《そうはく》になり、一弥は戸惑っていた。

「わかったであろう。いつなにがあっても不思議ではない。吾がいればいいがいないときもある。お伝《でん》の方さまのお呼び出しだけでなく、御台所さま、下手すれば甲府の御簾中さまからのお召しがあるやも知れぬ」

「ご名誉なことでございますが……」

良衛の説明に、弥須子が眉《まゆ》を曇らせた。

「なんとかお退きいただくわけには参りませぬか」

「ほう」

退く、それは幕府医師を辞めてくれという意味である。弥須子の口から辞任の話が出たことに良衛は驚いた。

姉紬が、弥須子を目の敵にして、妾《めかけ》の子、卑しい出の女と馬鹿にしてきた。武家において本妻と側室の差は大きい。まだ弥須子が男子であったならば、話は変わったが、女同士だけに実母の地位が影響する。

どれだけ罵《ののし》られようが、叩《たた》かれようが、弥須子は紬に反論も反撃もできない。弥須子は良衛のもとへ嫁ぐまで、ずっとその境遇に耐えてきた。

「かならず……」

それが弥須子のなかの対抗心を強くした。

姉の紬が名門二代目奈須玄竹へ嫁ぎ、己は父の言いつけで御家人医師のもとへいかされた。しかし、夫となった男は外道の名医として知られ、父の推挙をもって幕府医師になった。ならば、奈須玄竹より先に、夫を奥医師に出世させ、姉の鼻を明かしたい。弥須子はそれを悲願として、良衛の尻を叩き続けてきた。

その弥須子が役目を退いてくれと頼んだ。

「残念だが、それは聞けぬ」

良衛が首を左右に振った。

「なぜでございまする」

弥須子が良衛に詰め寄った。

「出世欲ではないことはわかるな」

「はい」

ずっと幕府医師を辞めて、町医者に専念したいと言い続けてきた良衛を鼓舞し続けてきたのが、弥須子である。

「それなのに辞めない。その理由は、近づきすぎたのだ、権力に。もう、抜けられぬ」

「近づきすぎた……」

「ああ、教えてはいなかったが、吾は上様の脈を取った。いや、御台所さまの脈も」

「……ひえっ」

良衛の言葉に、弥須子が驚愕《きょうがく》した。

「そして、上様とそのご一門を害しようとする動きがあることに気づいた。いわば、将軍家の継承を巡る陰に足を踏み入れてしまったのだ。今更、もとの町医者に戻ります、が認められるわけはない。天下の将軍、神君家康公が開かれた幕府に、内紛があるなど表に出せまいが」

「口封じ……」

弥須子が蒼白になった。

「母さま、口封じとはなんのことでございましょう」

一弥が首をかしげた。

「そんなこと、あなたはまだ知らなくても……」

「しゃべられたら困ることがある。ならば、口を開けないように封じてしまえばいい。簡単に言うと、死人に口なしだな」

あわてでごまかそうとした弥須子を抑えて、良衛が説明をした。

「こ、殺すと……」

「旦那さま」

唖然とした一弥を見て弥須子が良衛を睨んだ。

「いつまでも知らぬ存ぜぬでは生きていけぬぞ。意味合いは違うが、医者は死に近しき者なのだ」

良衛が弥須子をたしなめた。

「父上さまが口封じをされると……」

「逃げればな。逃げずに立ち向かえばいいだけのこと」

怯える一弥に良衛が笑ってみせた。

「上様から離れれば、吾はただの余計な口になる。上様にとって面倒、そして敵にとっては邪魔者だ。どちらからも狙われることになる。そうなれば、まずは助からぬ。しかし、上様の走狗《そうく》である限り、後ろは大丈夫だ」

「走狗ってなんでしょう」

子供らしい好奇心を一弥が発揮した。

「味方する者と思っておけばよい」

さすがに使い捨ての道具だと己のことを卑下するのは嫌なので、良衛がごまかした。

「なるほど、父上さまは上様のお味方だと」

「そうだ」

うれしそうな一弥の頭を良衛は撫《な》でた。

「賢いそなたなら、わかったであろう」

良衛は弥須子を見つめた。

「わたくしたちはあのまま今大路の屋敷にいたほうがよかったのでございますね」

弥須子が泣きそうな顔をした。

「いや、釉どのが出入りしだした以上、実家もそなたたちの安住ではなくなった。身の安全はなせても、悪意をぶつけられることで受ける心の被害が大きすぎる」

「旦那さま……」

小さく首を横に振りながら嘆息する良衛に弥須子がすがるような目をした。

「妻と子を守ってこその夫であり、父なのだ。気にするな」

「はい」

弥須子がすなおにうなずいた。

「での、吾と三造も留守をすることが多い。そなたたちだけを屋敷に残すのは不安である。ついては手助けの者を呼び寄せようと思う」

「手助けの方をでございますか」

良衛の話に弥須子が怪訝な顔をした。

「そうだ。腕がたち、臨機応変に対応できる優秀な者に屋敷へ来てもらおうと思う。よいな」

「旦那さまのお考えどおりに」

弥須子が認めた。

「よし。では、疲れたであろう。下がって休みなさい」

良衛が妻と子供をねぎらった。

「父上」

「なんだ」

一弥の呼びかけに良衛が応じた。

「わたくしにも剣を教えてください。わたくしも戦えるようになりたいのです」

「なんのために戦う」

決意を見せた息子に父が問うた。

「わたくしも母上を守りたい」

一弥が真剣な顔をした。

「父は守ってくれぬのか」

「守りません。父上は、わたくしよりはるかに強いのです。いつか、わたくしが父上をこえたときは、守ってさしあげます」

不満そうな顔をした良衛に、一弥が述べた。

「わかった。剣術の稽古《けいこ》をつけてやろう。明日の朝からだ。父は登城せねばならぬゆえ、その前になる。早いぞ」

「頑張りまする」

早起きできるかと訊いた父に、一弥が大声でうなずいた。

「よかったですね、一弥」

かつて剣術をする暇があれば、書物の一つでも読み、少しでも早く医師になれるようすべきであると言っていた弥須子が、一弥へ笑いかけた。

「…………」

良衛は仲のよい妻子の姿に、この風景を壊してはならぬとより強く感じていた。

屋敷の門を出た三造は、卯吉の姿を探して辺りを見回した。

「見えぬの」

卯吉の姿を三造は探し出せなかった。

「……御用でござんすか」

「どこから……」

向かいの屋敷の潜り戸から卯吉が姿を現した。

「その辺でじっとお屋敷を見ていたら、おかしゅうござんしょう。先生のもとへ通われる患家さんも気持ち悪いとお考えになりやすし。そこでお向かいの佐貫《さぬき》さまにお話をして門番小屋をお借りしておりやす」

卯吉が説明した。

「なんともはや……」

三造が感心というよりあきれた。

「いや、感謝すべきじゃの。助かり申す」

首を横に振って三造が礼を述べた。

「ところで、あっしをお探しでは」

用があるのではと卯吉が問うた。

「先生が、卯吉どのにお出《い》でいただきたいと」

「承知いたしやした。お供いたしやす」

三造の要望に卯吉がただちにうなずいた。

「あっしに御用でございやすか」

良衛の前に座った卯吉が問うた。

「よく来てくれた。悪いがあまり余裕がない。早速だが……」

「先生のお屋敷が狙われている。で、人手が欲しいと」

話を聞いた卯吉が念のためにと繰り返した。

「そうだ」

良衛がまちがいないと首を縦に振った。

「それは、今日お屋敷に入られたお二人にかかわっておりやすか」

「よく見ている」

卯吉の言葉に良衛は驚いた。

「あれは家内と息子だ」

「なるほど。お二人が帰ってこられたからでござんすか。先生と爺《じい》やさんだけのときは、そのようなことを言われてなかったんで。承知しやした。真野先生にお伝えしやす」

「頼む。これは愚昧からではなく、矢切家として正式な依頼だ。どのくらいの金を払えばいいかも真野どのに伺ってくれ」

「……相変わらず、お堅いことで」

金は払うと言った良衛に、卯吉が笑った。

「これからのつきあいもあるだろう。どちらか一方だけが得をする関係は長続きせぬ」

「おつきあいを続けてくださると」

良衛の口にした内容に、卯吉が目を大きくした。

「互いの命を預け合う。生涯の仲でなければ、成りたつまい」

「……畏《おそ》れ入りやした。では、早速に」

卯吉が深々と礼をして、駆け出していった。

「よろしゅうございますので、先生」

三造が危惧《きぐ》した。

「真野どのはその辺の無頼ではない。辰屋がいなくなった後の深川、本所《ほんじょ》を穏やかにまとめるために縄張りを引き受けたのだ。博打《ばくち》や岡場所《おかばしょ》など御法度も犯すが、民からむしり取ろうとはすまい」

真野を良衛は高く評価していた。

「なにより、大目付や側用人《そばようにん》、典薬頭《てんやくのかみ》よりは、よほど人だ」

「それほど雲の上は、乱れておりましょうや」

言った良衛に、三造がなんとも苦い口調で尋ねた。

「乱れていなければ、誰も将軍家のお命など狙うまい」

良衛は大きなため息を吐いた。

「まさにさようでございますな」

三造も同意した。

夜逃げというのは難しい。まず、他人に知られては意味がなくなる。人知れず逃げ出せなかった段階で、夜逃げは失敗と言えた。

「荷物は持ったか」

「持ちましたが……」

白道の確認に妻女が不満げな顔をした。

「いきなり江戸を出ると言われましても、納得がいきませぬ」

「その話は後だと申したであろう。今は、少しでも早く江戸を離れなければならぬのだ」

文句を言うなと白道が妻女を叱った。

「ですが、どこへ行くとも教えてもらえませぬし」

妻女が不安を口にした。

「黙ってついてこい。悪いようにはせぬ」

白道が妻女に黙れと告げた。

「往来手形はどうなさるおつもりでございます」

妻女は黙らなかった。

「往来手形……あっ」

言われた白道が啞然とした。

往来手形は庶民が旅をするときの身分を示すものだ。これがなければ関所はまず通れない。とくに入鉄炮《でっぽう》に出女として警戒される女には厳しく、往来手形なしでの旅は不可能であった。

「吾は医師で侍身分である」

白道が胸を張った。

幕府がもっとも重きを置いている箱根《はこね》の関所でも、武士と医師には甘かった。武士は姓名と主君あるいは藩の名前、そして旅の目的を言えば往来手形なしでも関所は通れた。医者の場合は、関所の反対側へ診察に向かうと告げれば、やはり許された。

「わたくしは女でございまする」

妻女が白道一人だけ通れてどうすると夫を非難した。

女の関所通過がかなりの困難を伴った。まず往来手形を用意するのが面倒であった。

大名の謀叛《むほん》を防ぐための人質として江戸に置かれている妻子の逃亡は、幕府にとって認められない。そのため、女の旅には厳重な縛りをかけた。

まず、女が旅をしなければならないときは、町《ちょう》役人、あるいは菩提寺を通じて幕府留守居に往来手形の発行を頼まなければならなかった。女の名前、住所、庶民か武家かなどの身分、出発地、目的地、なんのために旅をするかなどが記される。当然のことながら、大名の正室が身分を隠して往来手形を取ろうとしているのではないとの確認が必須《ひっす》で、申しこんでから数ヵ月かかるときもあった。

「なんとかなる」

白道が強気に出た。

「なりませぬ。往来手形なしで関所を通過した者は、死罪と決まっておりまする」

妻女が首を横に振った。

「金を遣えばいい。関所の役人など金でどうにでもなる」

「無茶なことを」

言い切る白道に妻女が嘆息した。

「わたくしは参れませぬ」

「なんだと、夫の言うことが聞けぬと申すか」

「聞ける話ではございません。わたくしは極悪人になるつもりはございませぬ。去り状をいただきたく」

無理なので離縁してくれと妻女が求めた。

「きさま、なにを……」

妻女に見切りを付けられるとは思っていなかった白道が呆然となった。

「お屋敷と残ったものは、ちょうだいいたしまする。それ以上は申しませぬ」

「そんなまねは許さぬ」

あっさりと己を見限った妻女に白道が激した。

「よろしいのでございますか。わたくしごときに手間取って。急に江戸を出るには、それだけの理由《わけ》があるのでございましょう」

冷たい表情で妻女が白道を促した。

「はっ……そうであった。そなたごときにこだわる暇はない」

白道が気を取り直して、歩き出した。

「去り状を……」

「ふん」

妻女が白道の背中に声をかけたが、白道は無視した。

「去り状がなければ、再嫁できぬ。吾に逆らった報いを受けるがいいわ」

長屋暮らしの庶民でも去り状、通称三行半《みくだりはん》は出す。字が書けないときは白紙に縦筋を三行と半分を記すだけでもいい。ようは、今後この女になんの文句も付けませんという意志表示になればいいのだ。

そして去り状がなければ、再婚はまずできなかった。去り状なしで他の男と婚姻どころか閨《ねや》を共にすれば、不義密通になるのだ。武士ならば目付、町民ならば町奉行へ夫が訴え出れば、妻と新しい男は捕まる。武士にいたってはふしだらな娘を出したと実家まで非難されることになった。

「ほとぼりが冷めたら、江戸へ戻り、あいつの様《ざま》を見るのもいいな」

「あいつだな」

卑しい笑いを浮かべる白道を中根新三郎配下の者が見つめていた。

「顔を知らぬゆえ、手間がかかるかと思ったが、騒いでくれたおかげで逃がさずにすんだ」

「すぐに片付きそうで助かる。歳を取ると遠出は辛い」

日蔵と白髪の男が、白道の跡を付け始めた。

第五章　表裏の攻防

一

老中戸田越前守忠昌《とだえちぜんのかみただまさ》は、綱吉《つなよし》の裁可を求めるべく、お休息の間へと足を運んだ。

「出羽守《でわのかみ》、上様へのお取り次ぎを」

戸田越前守が側用人柳沢《そばようにんやなぎさわ》出羽守へ求めた。

「しばし、お待ちを。伺って参りまする」

柳沢出羽守が、お休息の間へと入っていった。

「まったく面倒なことよ。側用人などというものをお作りになるゆえ、二度手間じゃ」

戸田越前守が大きなため息を吐いた。

側用人が新設されてから、将軍への目通りを願うには老中といえども、柳沢出羽守へ通じなければならなくなった。

「もともと側用人に老中の目通りを左右する権はない」

腹立たしげに戸田越前守が愚痴を言った。

将軍は天下の象徴でもある。また、幕府の権威、力を代表するものだ。その将軍が居城で刺客に襲われるなどあってはならない。たとえ、刺客を撃退しても、そこまで侵入されたという事実が、旗本を天下の笑い物にする。

将軍はなんとしても警固しなければならない。

そのために将軍の居室には小姓《こしょう》が、その手前には新番《しんばん》が配置されていた。

とはいえ、老中と小姓や新番では格が違う。

「上様へお目通りをいただく」

老中がそう言えば、小姓や新番は止められない。そのまま御座の間へ入ることができた。

「堀田筑前守《ほったちくぜんのかみ》どのの刃傷があってから、変わったわ。上様のご遠慮がなくなった。まだ加賀守《かがのかみ》どのがおられたころは、執政の意見をお聞きくだされた。それが今ではお目通りを願うにも出羽守の機嫌を伺わねばならぬ」

情けないと戸田越前守が嘆息した。

堀田筑前守は実子のいなかった四代将軍家綱《いえつな》の死に瀕《ひん》して、綱吉をその養子にと尽力した功臣であった。

堀田家の出自は織田信長《おだのぶなが》の家臣でいわば外様《とざま》だが、堀田筑前守の父加賀守正盛《まさもり》が家光《いえみつ》の乳母春日局《かすがのつぼね》の縁続きであったことで重用され、最後は大政委任までいった。

加賀守正盛が家光に殉じた後、跡を継いだ長男正信《まさのぶ》が幕政批判をしでかし、改易されるという不幸などもあり、一時は堀田筑前守も逼塞《ひっそく》しなければならない事態に陥ったが、殉死した家柄だということで許され、その優秀さもあいまって老中へと出世、五代将軍の座を綱吉にもたらすという大功を立てた。

その手柄で老中首座、大老と立身を続けたが、一族の稲葉石見守正休《いなばいわみのかみまさやす》によって刺殺された。

このことを受けて、堀田筑前守が刺された御用部屋の隣にあった御座の間は危険とされ、さらに奥のお休息の間へと将軍は移り、老中との面談に手間がかかるようになった。

そしてなにより大きな変化が、綱吉がどうどうと主張しだしたことだ。

「筑前に任す」

「よいようにいたせ」

それまでは、老中の奏上をうなずくだけだった綱吉が、堀田筑前守の死以降、

「こういたせ」

「それはならぬ」

政《まつりごと》に口出しをするようになった。

「まるで頭の上の重石《おもし》が取れたようじゃ」

「重石とはなんのことでしょう」

戸田越前守の独り言に反応があった。

「出羽守、戻ってきたのか。声をかけよ」

聞かれてはまずいことに近い。戸田越前守が柳沢出羽守を叱った。

「上様のお側近くで大声は出せませぬ」

柳沢出羽守が無理だと拒んだ。

「大声でなくともよいわ。黙って近づくなと申しておるのだ」

「黙って近づかれては都合の悪いことでも」

まだ焦っている戸田越前守に、柳沢出羽守が突っこんだ。

「そのようなことはないわ。それより、上様のお許しは出たな」

「はい。どうぞ」

苛立《いらだ》ちを露《あら》わにした戸田越前守に柳沢出羽守がお休息の間への道を空けた。

「まったく……」

文句を言いながら戸田越前守が歩き出した。

「お帰りに少しお話をいたしたく」

「…………」

柳沢出羽守の願いを戸田越前守が無視した。

「……このていどで執政は務まるのか。上様が、自らお口を出されるのもむべなるかな」

柳沢出羽守があきれた。

老中の用件は、いつも決まっていた。

「これについてこのようにいたしたく、お許しをいただきたく」

御用部屋で老中たちが合議して結果の出たことに、将軍の決裁をもらうのだ。

「……では、ありがとう存じました」

入ってすぐに戸田越前守がお休息の間から出てきた。

「越前守さま」

「忙しい。またにいたせ」

柳沢出羽守の声かけに、戸田越前守がうるさそうに手を振った。

「今、お願いをいたしまする」

「分をわきまえぬか、出羽守。そなたごとき小者《こもの》から引きあげられた者には政がどれほど厳しく、一刻を争うものかわからぬのだ」

喰《く》いさがった柳沢出羽守を戸田越前守が叱りつけた。

「さようでございますか。では、上様からお召しいただくことにいたしまする」

柳沢出羽守が、すっと引いた。

「待て、聞き捨てならぬことを申したな。上様になにを申しあげると言うのだ」

お休息の間へ戻ろうとしていた柳沢出羽守を戸田越前守が止めた。

「見舞い医師のことでございまする」

「……今大路《いまおおじ》兵部大輔《ひょうぶだゆう》に謹みと命じたことか。それのどこがおかしい」

老中は幕臣の最高職として将軍の代行もなす。旗本を改易にしたり、禄《ろく》を減らしたりはできないが、謹慎ぐらいは独断でも許された。もちろん、そのまま放置はできず、目付へ当該旗本の罪を報《しら》せ、あらためて詮議《せんぎ》をおこない、放免、謹み、閉門、減封、改易などの処分を決める。ただ、老中は多忙であり、なかなか詮議に入れないため、そのまま忘れさられるという悲惨な状況になることが多かった。

「事情を訊《き》けば、見舞い医師が誰かを知っていながら黙っていたとのことでございますな」

「そうじゃ。執政は幕府のすべてに精通しておかねばならぬ。ましてや、ご一門、上様の甥御《おいご》にあたられるお方の御簾中《ごれんじゅう》さまのご健康にかかわるのだぞ。知ったならば、ただちに御用部屋へ届けるのが当然。それを怠ったのだ、兵部大輔は」

険しい口調で戸田越前守が己の正当さを主張した。

「医師は患家《かんか》の秘密を守らねばならぬとご存じでございますか」

「それがどうした。そんな道義ていどのこと、老中が気にするほどではない」

柳沢出羽守の確認を戸田越前守が権威を盾に一蹴《いっしゅう》した。

「御台所《みだいどころ》さまのお指図であっても」

「…………」

鷹司信子《たかつかさのぶこ》の名前が出たためか、戸田越前守が黙った。

「見舞い医師は、その認定から診察、治療、報告まで、主《あるじ》にしかせぬのが慣例」

「だが、ことは上様のお身内さまぞ。とくに甲府《こうふ》家は、上様にお世継ぎなくば……」

「それ以上を口にするな」

まだ言い張る戸田越前守を柳沢出羽守が強い語調で咎《とが》めた。

「なっ……出羽、そなた老中に対し、その口の利きようはなんだ」

「黙れと言ったぞ、不忠者」

怒った戸田越前守へ柳沢出羽守が侮蔑《ぶべつ》の目を向けた。

「ふ、不忠者……」

武士としてもっとも忌むべき言葉に戸田越前守が呆然《ぼうぜん》とした。

老中は将軍でも遠慮する。家康《いえやす》でさえ、酒井雅楽頭忠清《さかいうたのかみただきよ》や本多佐渡守正信《ほんださどのかみまさのぶ》への対応はていねいであった。徳川幕府において老中は、将軍一門の御三家《ごさんけ》よりも格上として扱われ、外様大名ならば、相手が島津《しまづ》であろうが前田《まえだ》であろうが、名前ではなく『その方』と扇子の要《かなめ》で指しても問題なかった。

その老中に不忠者という侮蔑が投げかけられた。あり得ない事態に、戸田越前守が戸惑ったのも無理はなかった。

「なんと、申した。出羽《わ》、いかに上様のご信頼厚き側用人といえども、聞き捨てならぬぞ。手を突いて詫びるというならば、今回だけは見逃してくれる」

将軍の寵臣《ちょうしん》と感情のままに争うのはまずい。いかに老中といえども、側用人に謹みを命じるわけにはいかないのだ。いや、できるがやれば、後で手痛いしっぺ返しを受けることになる。

戸田越前守が今回の無礼を、柳沢出羽守への貸しにして見逃そうというのは、正しい対応であった。

「上様の次を考える。それが老中だと」

「……あっ」

柳沢出羽守へ繰り返されて、ようやく戸田越前守が失言に気づいた。

「そうじゃ。老中は幕府の未来《さき》、百年を考える者なのだ」

失言を取り返すべく、戸田越前守が強弁した。

「それで甲府家へ尾を振ると」

「きさま……」

尾を振る。柳沢出羽守は戸田越前守を犬扱いにした。犬は武士への悪口でも不忠者に並ぶ。戸田越前守が顔色を変えた。

「執政だというならば、甲府に媚《こ》びを売る前に、上様のお子さまを望むべきであろう。違うか」

「…………」

まさに正論であった。

「それもせずに、上様の次を甲府と考えた。これを不忠と言わずして、なんという。徳川の行く末を考えた名宰相とでも呼ぶか」

「取り消そう」

いくらなんでも、綱吉の子がいないから次は甲府参議綱豊《つなとよ》だと思って動いてますと言ったに等しいのは失敗であった。

戸田越前守が前言を撤回した。

「覆水盆に返らず、一度口から出た言葉は飲みこめぬ」

柳沢出羽守が戸田越前守の取り繕いを拒否した。

「御台所さまへの無礼といい、典薬頭《てんやくのかみ》を恣意《しい》で咎めたことといい、上様のお世継ぎを望まぬという考えも、執政として不十分であろう」

「上様のお世継ぎを望まぬなどとは申していない」

戸田越前守が蒼白《そうはく》になった。綱吉がどれほど吾《わ》が子を希求しているか、幕臣ならば誰もが知っている。もし、綱吉の耳に入れば、老中といえども無事ではすまない。

まず老中は罷免、さらに僻地《へきち》への移封は喰らう。少なくとも綱吉が将軍でいる間は、戸田家が表へ復帰することは叶《かな》わない。たとえ戸田越前守が隠居して、息子に家督を譲ろうとも、境遇は変わらないのだ。

「己がそう思っていようとも、聞いた者がどう感じるかは別だ。上様にお聞きして参ろうか、どのようにお受け取りになられるか」

必死で否定する戸田越前守へ、柳沢出羽守が冷たい対応をした。

「ま、待ってくれ。いかようにも詫びる。上様のお耳には入れないでくれ」

戸田越前守が折れた。

「なかったことにせよと」

「そうしていただけるとかたじけない」

確かめる柳沢出羽守に戸田越前守がていねいに頼んだ。

「では、最初からやり直していただこうか」

柳沢出羽守も語調を弱めた。

「……兵部大輔じゃな。承知いたした」

具体的に言わずとも、老中にまで昇る戸田越前守である。すぐに理解した。

「すぐにいたそう」

戸田越前守が、柳沢出羽守の前から去ろうとした。

「兵部大輔はもちろん、御《お》広敷《ひろしき》番医師の矢切良衛《やきりりょうえい》、そう見舞い医師を務めた者でござる。この二人へは、今後一切手出しなさるな。これは貴殿だけではござらぬ。御用部屋すべての者が守られるよう」

「了解したが、なぜそこまで医師を……」

釘《くぎ》を刺された戸田越前守が首をかしげた。

「お伝《でん》の方さまをご懐妊させることができる唯一の南蛮《なんばん》医師である。これは知っているか」

老中は城中の出来事に精通している。良衛が長崎《ながさき》から呼び返されて、お伝の方の主治医になった事情は戸田越前守も知っている。

「そして、上様のお命を守る者だからじゃ。矢切がおらねば、上様のご寿命は……」

「……ごくっ」

最後まで言わなかった柳沢出羽守だったが、その後に続くものがなにかを推察するのは容易《たやす》い。戸田越前守が喉《のど》を鳴らして、唾《つば》を飲んだ。

「急ぎますゆえ」

ここにもういたくはないと戸田越前守があわてて背を向けた。

「……あていどの者が執政とは、上様もご苦労なさる。吾が身の小身さがこれはどつらいとは。やっと一万石では、とても執政には届かぬ」

残った柳沢出羽守が独りごちた。

二

中根《なかね》新三郎《しんざぶろう》のもとに十人の配下が集合していた。

「よく来てくれた。なにもないが、今日は好きに飲み食いしてくれ」

雑草だらけの庭に面した座敷には、酒と膳《ぜん》が用意されていた。

「久吉《ひさきち》から聞いたとは思うが、これで最後にする。この任を務めた後は、二度と声はかけぬ。約束する」

中根新三郎が告げた。

「お頭さま……」

久吉が泣きそうな顔をした。

「祖父中根壱岐守《いきのかみ》が、そなたたち漂泊の者たちに声をかけたのは、寛永《かんえい》十四年（一六三七）のことであった」

「天草《あまくさ》の乱のおりでございますな」

思い出すかのような中根新三郎の回想に久吉が応じた。

中根壱岐守正盛《まさもり》の出自は不明であった。母が徳川家の譜代平岩親吉《ひらいわちかよし》の娘だった縁で、二代将軍秀忠《ひでただ》の小姓として召し出された。そののち家光付の小納戸《こなんど》になり、気働きのよさが気に入られ、天草の乱の二年前、側衆に取り立てられた。側衆は今の側用人であり、家光の信頼を得た中根壱岐守は「比類なき出頭人」と呼ばれるほどの権力を持った。しかし、身分に比して石高は少なく、よく似た境遇の堀田加賀守正盛《まさもり》が十万石をこえる大名になれたのに対し、五千石の旗本で終わっていた。

「そうだ。祖父中根壱岐守は、江戸にいてはなかなか入ってこない天草の状況に焦《じ》れ、津々浦々まで足を延ばし、天下を漂泊するそなたたちの先祖に目を付け、物見を命じた」

「わたくしは祖母が壱岐守さまにお仕えしたと聞いておりまする」

「木地師《きじし》、歩き巫女《みこ》、願人坊主《がんにんぼうず》、革細工師などであったの」

「はい。今はもう、皆江戸《えど》に住み、職人として生活をしており、漂泊する者は少なくなりましたが」

久吉がうなずいた。

「それから五十年近くが過ぎた。代も変わった。祖父、父、そして儂《わし》とそなたたちの頭を受け継いできた」

聞いている配下たちの顔を中根新三郎が見回した。

「天草の乱では、そなたたちのほうが、戦況の報告が幕府の使い番よりも早く、的確であったと祖父が感心していた。おかげで御上は老中首座松平伊豆守《まつだいらいずのかみ》さまを総大将として出すという思いきった手を打てた。でなくば、大目付あたりを行かせて、板倉内膳正《いたくらないぜんのかみ》の二の舞をすることになっただろうと」

中根新三郎が功績を褒めた。

天草の乱は領主松倉《まつくら》家の圧政に耐えかねた島原《しまばら》の百姓一揆《いっき》が始まりであった。やがて、一揆はやがてやはり苛政《かせい》を敷いていた寺沢《てらさわ》家の領地へと拡がり、そこに禁教令で弾圧を受けていたキリスト教徒が加わり、大規模な叛乱《はんらん》になった。

「百姓や隠れきりしたんなぞ、どれほどのものでもなかろう」

藩だけの力では抑えきれなかった松倉家、寺沢家からの要請で、九州の諸大名に動員を命じた幕府は、当初すぐに鎮圧できると考えていた。

「そちが行け」

大名家の兵は、その当主の指示で動く。多くの藩を参加させて合同で軍を編制するには、取りまとめをする将が要る。

幕府は書院番頭《しょいんばん》で京都所司代《きょうとしょしだい》板倉周防守重宗《すおうのかみしげむね》の弟内膳正重昌《しげまさ》を出した。

しかし、九州には福岡《ふくおか》の黒田《くろだ》家、熊本《くまもと》の細川《ほそかわ》家と外様の大大名が多い。一万五千石ていどの小身大名の板倉内膳正の指揮に黙って従うはずもなく、島原城に籠《こ》もって抵抗する一揆勢を鎮圧するどころか、統一の取れていない軍はそれぞれ勝手に攻撃し、かえって大損害を受ける羽目になった。

だが、その敗戦を江戸へ正直に申告しなかった。誰でも敗戦の責任を負わされるのは嫌なのだ。一度や二度負けただけならば、取り返せる。勝ったことだけを報告すれば、咎めを受けず、逆に褒められる。

人というのは、吾が身が可愛い。江戸には正確な戦況が届けられなかった。それを中根壱岐守が組織した漂泊の民が埋めた。

「島原城を攻撃するも反撃を受けて、損害多し。九州の諸将は内膳正さまの指示に従わず」

漂泊の民に大名や板倉内膳正への忖度《そんたく》はない。漂泊の民がもたらしたものは、中根壱岐守を通じて江戸へもたらされ、事態が板倉内膳正らの説明とは違い、かなり悪いと知った家光は、老中首座松平伊豆守を総大将として派遣した。

「情けなし」

おまえでは一揆に勝てないと言われたも同じになる。松平伊豆守の出陣を知った板倉内膳正は、その到着前に無謀な総攻撃をおこない、一揆勢の鉄炮《てっぽう》に倒れた。

「松平伊豆守さまが出たことで、九州の大名は皆、その指図に従い、一揆は鎮圧された。もし、漂泊衆がいなければ、一揆はもっと長引き、九州の、いや四国や中国にも飛び火していたかも知れぬ。そなたたちの先祖の功績は大じゃ」

中根新三郎がもう一度称賛した。

「かたじけのうございまする」

一同が頭《こうべ》を垂れた。

「とはいえ、表に出せぬ功績じゃ」

「わかっておりまする。漂泊の民は定住の地を持たぬため、人として扱われませぬ。その漂泊の民が、御上の使番《つかいばん》さまや伊賀《いが》組よりも役に立った。これでは、その方々の面目が立ちませぬ」

久吉が首を横に振った。

「ですが、江戸に土地をいただき、店や家を構えるだけのお金をいただきました。おかげさまで、我らは安住の地を得ましてございまする」

「そう申してくれるか」

中根新三郎が喜んだ。

「無理をいろいろさせてきた」

「いえ。人でないとされた我ら流れ者が人になれたのは、中根壱岐守さまのご尽力をいただいたからで」

「それもそろそろ終わりにせねばならぬ。儂は父からこの役目を受け継いで以来、ずっと考えてきた。なぜ、中根の家督を兄亡き後次男である儂ではなく、三男の長十郎《じゅうろう》に継がせたのかをな。分家を作ったとはいえ、四千石の家督じゃ、次男としては気になる。なにせ儂は新知《しんち》三百俵、十分の一もない。それでいて漂泊衆を預けられた」

「…………」

一同が黙って聞いた。

「これは漂泊衆を、儂の代で終わらせよという父の思惑だと、考えるにいたった。恥ずかしいが三百俵では、そなたたちへの合力《ごうりょく》もできぬ」

「……申しわけございませぬ。合力をいただけぬからと十人が離れてしまいました。止められず……」

中根新三郎と久吉が嘆き合った。

「たしかに、ここ何年も我らの出番はなかった。我らは後始末のためにある。今までは裏切り者もおらず、秘事が漏れることもなかった。我らはなにもなく、このままときを過ごして朽ちていけばすむ。おだやかな晩年となるはずだった」

「かないませんでした」

ため息を吐く中根新三郎に久吉が首肯した。

「たった一人の医師が原因だ。中根家に命じられた真の使命を果たさねばならぬ」

中根新三郎が懐から袱紗《ふくさ》を出した。

「これだけしか用意できなんだ。先祖伝来の鎧兜《よろいかぶと》、槍《やり》なども泰平の世では値が付かぬ」

開いた袱紗のなかには、二十六両が入っていた。

「家宝を売ってまで……」

「大坂《おおさか》と新居《あらい》へ行く者には四両渡す。それ以外の者は一両二分で辛抱してくれ。余りの一両は予備として、久吉、そなたが預かれ」

感激する久吉に、中根新三郎が告げた。

「それでは、中根さまが」

「大丈夫だ。少ないとはいえ禄米がある。一人暮らしなれば、飢えることはない」

気遣う久吉へ中根新三郎が首を左右に振ってみせた。

「そういえば、作弥《さくや》と板介《ばんすけ》は任を果たしたのだな。利山白道《りざんはくどう》という甲府藩のお抱え医師を……」

「江戸を出ようといたしましたので、いささか先走りになるかと存じましたが、逃がすよりはましかと仕留めましてございまする」

「よき判断じゃ。ご苦労であった」

報告した配下を中根新三郎が褒めた。

「さあ、存分に過ごしてくれ。そなたたちと会うのも、これで最後だ。結果の報告は要らぬ。噂が入ってくるだろうからな」

中根新三郎が別れの宴《うたげ》を始めようと宣した。


下調べをすませた日蔵《ひぞう》と白髪の男が、宴の翌日、良衛の屋敷の前に立った。

「城から戻ってくるには、まだかかるな」

すでに良衛の日常は調べあげている。

「先ほど、老爺《ろうや》が矢切の出迎えに城へと向かった。少なくとも半刻《とき》(約一時間)は、戻ってこまい」

日蔵の確認に白髪の男がうなずいた。

「近隣の噂では、屋敷に使用人は老爺一人。その老爺がいない今ならば、残っているのは妻と息子の二人だけ。人質にするか、あるいは先に片付けて、医者の帰ってくるまで潜むのが妙手だろう。誰でも屋敷に入ったら、安堵《あんど》して油断するはずだ」

「それがよかろう。なあに、板介に聞いたが、利山白道とかいう医師は、後ろから首を割られるまで、近づかれたことにさえ気がつかなかったというぞ」

「そうか。ならば安心だが、気を緩めるなよ。これで我らに付けられていた紐《ひも》がなくなるのだからな。六郎《ろくろう》」

「わかっておるわ。若いわりに心配性じゃの。将来はげるぞ」

六郎と呼ばれた白髪の男が苦笑した。

「放っておけ」

日蔵が気を悪くした。

「怒るな。そろそろ行くぞ。あまりのんびりはしておられぬ」

「ああ」

六郎の誘いに日蔵が首肯した。

もともと二百俵に届かない貧乏御家人である矢切家の屋敷は広くない。敷地は百五十坪ほど、建坪は八十坪ほどである。ただ珍しいのは、医者をしていることで玄関が設けられていることだ。本来御家人の屋敷に玄関は認められていないが、患者が駕籠《かご》でやってくることを考えて、黙認されていた。

「押し入るぞ」

日蔵が門を入ったところで、駆け出した。

「おうよ。じゃ、儂は庭から回る。逃がさぬようにの」

六郎が日蔵と別れた。

いかに医師の門は開かれていなければならぬとはいえ、玄関まで開けっぱなしにはしていない。

「このっ」

走り寄ってきた勢いのまま、日蔵が玄関の扉を蹴倒《けたお》した。

「どこにいる」

日蔵が奥へ進もうと、屋敷にあがった。

「土足は厳禁だ」

その前に一人の浪人が立ち塞《ふさ》がった。

「えっ、浪人がなぜ」

武家の屋敷に浪人がいることはまずなかった。

とくに旗本の屋敷はうるさい。由井正雪《ゆいしょうせつ》の謀叛《むほん》に浪人が糾合したのが今も響いていた。

日蔵が唖然《あぜん》としたのも無理はなかった。

「ここは医者だぞ。患家がいても不思議ではなかろう」

浪人が嘯《うそぶ》いた。

「どけ、お前に用はない。見逃してくれる、去れ」

日蔵が手にしていた長脇差《ながわきざし》をひけらかした。

「怖いねえ。でもな、刃物というのは、鞘《さや》から抜いて初めて遣いものになるんだ。こういう風にな」

すっと浪人が腰を落とし、太刀を居合いに遣った。

「……………」

心臓を一撃で貫かれた日蔵が声もなく即死した。

「もう一人もこいつていどなら、助勢せずともすむな」

浪人が太刀を刺したままで、日蔵の死体を玄関から外へと放り出した。ゆっくりと太刀を抜かれながら日蔵の身体が玄関前の地面へと落ちた。すでに心臓はその動きを止めている。血は噴き出すことなく、ゆっくりと拡がっていった。

「掃除がしやすかろ」

浪人が太刀に付いた血脂を拭《ふ》き取りながら淡々と言った。

庭から台所口へと向かった六郎だったが、なかほどで止められた。

「…………」

庭木の上から人が無言で降ってきた。

「わあっ」

人というのは左右を目に入れ、背後には気を配る。が、頭上までは気を遣わない。

六郎はあっさりと左肩を砕かれて倒れた。

「…………」

六郎の上に落ちた形になった無頼の男が、気合いもなく懐から出した匕首《あいくち》を喉目がけて突き刺した。

「あがっ」

喉を貫かれた六郎が、苦鳴を漏らして絶息した。

「二人だけだな」

玄関にいた浪人が、庭へ来た。

「のようで」

立ちあがった無頼が短く答えた。

「運ぶのを手伝おう。奥方と長男どのにはきつかろう」

浪人が無頼に申し出た。

「いえ、始末はあっしが。先生は周囲に気を配っておくんなさい」

無頼が一人で六郎を担ぎあげた。


甲府藩お抱え医師杢然《もくねん》の勤務は三日に一日、朝から出て宿直《とのい》番まですませ、翌日の昼前に屋敷へ戻る。

甲府藩お抱え医師の格式は、幕府寄合医師に匹敵するため、浜屋敷《はまやしき》への行き帰りは駕籠を使用した。もし、甲府参議綱豊が六代将軍となったならば、お抱え医師はそのまま幕府奥医師あるいは、番医師になるからだ。

とはいえ、お抱え医師の手当ては少ない。よくて十人扶《ぶ》持か百俵ほど、悪ければ五人扶持、いや二人扶持のこともある。とても槍を立てて行列を仕立てるとはいかない。

杢然の駕籠は、二人の駕籠かき、薬箱持ち、草履持ちの中間《ちゅうげん》だけで、士分の供はいなかった。

「帰ってきたぞ」

漂泊衆の一人が、杢然の駕籠を見つけた。

「いつやる。外だと他人目《ひとめ》が多いぞ」

もう一人が周囲を気にした。

「かといって屋敷に入られてしまうと面倒になるぞ。なかには弟子がいる。さすがにお抱え医師だ。弟子だけでも三人、雑用の小者をいれれば五人に増える」

「行列の中間二人を加えると七人か」

「本人を入れたら八人だ」

二人が顔を見合わせた。

「顔を隠して、外でやるしかないな」

「そのほうが、楽だ」

意見が一致した。

「……よし」

手拭《てぬぐ》いで頰被《ほおかぶ》りをした二人がうなずきあって、長脇差を抜いた。

「うわあ」

「本身を抜いてやがる。危ねえ」

歩いていた町民たちが、あわてて道を譲る。

「なんだあ」

行列の先頭を歩いていた薬箱持ちが、その騒ぎに気づいた。

治安の良い江戸で警戒すべきは、せいぜい掏摸《すり》ていどである。どんな無頼でも医者の行列にはちょっかいをかけてこない。なぜならば、医者というのはどこに繋《つな》がっているかわからないからだ。しがない町医者なのに、老中の主治医だとか、大きな縄張りを支配する親分の命を救っただとか、意外なつきあいを持っている場合がある。

「てめえ、何々先生に迷惑をかけたそうだな」

こうなったら、無頼は終わる。下手をすれば首がなくなるし、少なくとも江戸にはいられなくなってしまう。

行き先の安全を確認する役目の供先も兼ねている薬箱持ちが、油断していたのも無理はなかった。

「ひっ……あわわわ」

漂泊衆二人の手に握られた長脇差に気付いた薬箱持ちが、泡を食って逃げ出した。

「どうしたんで」

先棒を担当する駕籠かきが、薬箱持ちの異変に戸惑った。行列を組むとき、駕籠かきはできるだけなかの客を揺らさないよう、辺りを見回さない。供先を務める薬箱持ちだけを見つめて歩を進める。その指標ともいうべき、薬箱持ちがどこかへ行ってしまった。

「不意に止まるなよ」

後棒の駕籠かきが足を止めた先棒に文句を付けた。

「いや、薬箱持ちの権造《ごんぞう》さんがいなくな……」

後ろへ話しかけようと先棒が、首を曲げたところに漂泊衆が突っこんだ。

止まった駕籠は大きな的でしかない。町駕籠のような垂れで他人目を避けるような簡素な造りならば、隙間から外を見て逃げ出すこともできただろうが、杢然の乗るのは格式張った塗りの駕籠であった。

塗りの駕籠でもすだれのようになった小窓があるが、五寸（約十五センチメートル）四方ほどの小さなものなので、どうしても見える範囲は限定される。

「どうした」

駕籠が止まったことを不審に思った杢然が、駕籠かきへ声をかけた。

「くらえっ」

そこへ漂泊衆が長脇差を突き立てた。

駕籠の扉は、檜《ひのき》や杉に漆を塗って作るが、分厚いと重くなってしまい、かき手が辛《つら》い。杢然の駕籠の扉は、見た目よりはるかに薄く、勢いのついた長脇差の切っ先を遮れなかった。

多少切っ先の方向をずらせたところで、逃げ場のない駕籠のなかでは避《よ》けようもない。いや、襲われたと気づくまもなく、杢然は長脇差に貫かれていた。

「ぎ、ぎゃああ」

断末魔の叫びを杢然があげた。

「止《とど》めじゃ」

もう一人の漂泊衆も長脇差で突いた。

「がはっ」

最初の長脇差の位置から、杢然がどのあたりにいるかは知れている。二度目の攻撃が、杢然の首根に刺さった。

「よし、退くぞ」

「おう」

長脇差をそのままにして、二人の漂泊衆が走り去っていった。

「………」

草履持ちが腰を抜かしていた。

「なにがあった」

「扉が壊されてる」

駕籠かき二人は、呆然としていた。

周囲の野次馬にいたっては端《はな》から見世物のつもりでいる。

誰も二人の漂泊衆の後を追わなかった。


当番を終えて屋敷に戻った良衛は、留守番を任せていた浪人から、襲撃について聞かされた。

「玄関を破られてしまった。すまん」

浪人が謝罪した。

「いえ、外から見えないところで始末をつけてくださったのであろう。気遣いに感謝する」

襲われたからだとはいえ、目立つところで死人を作るのは外聞が悪い。

「矢切先生のところで人が死んだ」

まちがってはいないが、この噂は医者にとって致命傷になる。誤診あるいは手術の失敗で患者を死なせたともとれるからだ。

「奥方とご子息は無事だ」

「かたじけない」

弥須子《やすこ》と一弥《いちや》を守ってくれたことへ良衛は礼を述べた。

「では、また明日。死体はこっちで片を付けておくと真野《まの》の親方が言っていた」

最後に真野の伝言を口にして、浪人たちが帰っていった。

「先生……」

三造《さんぞう》が良衛の顔を見つめた。

「吾《われ》が留守と知っていて、屋敷を襲った」

良衛がすさまじい顔をした。

「かかわりのない妻と子を巻きこもうとした」

「…………」

気迫に三造が黙った。

「吾を狙うのならば、まだ我慢もする。だが、弱き妻と息子を獲物とするとはなにごとぞ。そちらがそうなれば、吾ももう遠慮も辛抱もせぬわ」

良衛が抗戦の決意をした。

「三造、太刀の用意を」

幕府医師は旗本であり、両刀を差しての登城も認められていた。ただ、幕府医師は町医者のなかから腕で選ばれることが多いため、帯刀に慣れていない。そこから幕府医師は脇差だけか、あるいは無刀でもよいと黙認されている。御家人出身の良衛は、剣術の稽古《けいこ》もしてきたし、家督を継ぐまで、両刀を差してもいた。ただ、幕府医師となったとき、同僚に威圧感を与えないようにと脇差だけにしたのである。

それを良衛はもとに戻した。

「あと……」

言いかけて良衛がためらいを見せた。

「先生、遠慮なさいますな。妻《めと》も娶らず、子もなさなかったわたくしにとって、若先生が子供、一弥さまは孫のように大事でございまする」

途中で昔の呼びかたに変えた三造が良衛の背中を押した。

「すまぬ」

自然と良衛が頭を下げた。

「家臣に頭を下げてはいけません、先生は主君なのでございますよ」

三造がたしなめた。

「わかった……」

うなずいた良衛は、一度大きく息を吸って仕切り直した。

「三造、そなたを家士《かし》に取り立てる」

「謹んでお受けいたしまする」

良衛は落ち着いた声で、三造を武士身分に引きあげると言い、三造は承諾した。

綱吉によって加増を受けた良衛は本禄百七十俵、役高百俵、合わせて二百七十俵となった。幕府では二百七十俵は二百七十石取りと同じ扱いを受ける。そして二百石台の旗本には、慶安《けいあん》二年（一六四九）に定められた軍役で侍身分一人を抱える義務があった。もっとも戦などなくなった泰平の世で、しかも医師とくれば、軍役に従わずとも咎めはない。ただ、侍を一人召し抱えても問題ないだけというものだった。それを良衛は利用した。小者だと木刀一本しか差せないが、侍になれば両刀を帯びることが認められる。三造は良衛よりも先に、先代矢切蒼衛《そうえい》から戦場剣術を叩きこまれている。子供のころの良衛に剣術の指南をしたこともある。

良衛は、戦力の増強をはかった。

「矢切の家を守る者として、竹束《たけたば》の姓を名乗るがいい」

良衛は三造に名字を付けた。竹束とは、戦国のときに使われた盾のことをいう。

切り竹を紐で束ねただけの簡素なものだが、鉄炮の弾や弓矢をよく防いだ。

「かたじけなく」

三造が受けた。

三

杢然が襲殺された一件は、その日のうちに江戸中に広まった。

「医者が殺されたってよ」

将軍の城下町として安寧を誇っている江戸で、人殺しなぞまずない。一度あれば十年は話題になるほど珍しい。

「なんでも酷《ひど》い医者だったとかで、金だけ取って患家を見殺しにしたとか」

「いや違うぞ。おいらが聞いたのは、女の取り合いだってよ」

噂は大きく曲がるものでもある。ただ、その噂のもとになった杢然が白昼堂々殺されたという事実は変わらない。

「やってくれたか。さすがは口封じを専門とする漂泊衆だ。腕は落ちていないな」

少し出歩くだけで、噂は耳に入る。中根新三郎が安堵した。

漂泊の民は、どこにでも行く。木地師は材料となる木材を求めて、山中深くまで入るし、歩き巫女は人さえいれば、お札を売りにどれだけ田舎でも足を運ぶ。革細工をおこなう者は、大量の水を要することから、川べりに詳しい。

漂泊衆の目から逃げ出すことはまず無理であった。

「天草の乱の後、九州で一揆が起こらなくなったのは、漂泊衆が島原の城から逃げ出したきりしたんどもを狩り尽くしたからだという」

屋敷へ帰る道すがら、中根新三郎が漂泊衆の功績を口にしていた。

大規模な一揆というのは、後始末が面倒なものであった。

「根切りにしてしまえ」

二度と逆らえないように全滅させるのはたやすいが、これは悪手であった。百姓を殺せば、田を耕す者がいなくなり、年貢が入らなくなるのだ。よその土地から、家を継げない次男や三男を連れてくればすむという考えかたも長い目で見ればただしい。だが、土地に慣れるまで、稔《みの》りというのはよくならない。土が持っている力、足りないものを見極めるには、かなり期間が要る。数年は年貢を減らさなければならなくなる。

武士は年貢で生活している。逆らったからと皆殺しにしては、己の首を絞めることになるのだ。

そこで普段の一揆ならば、旗を振った者、村長などを処刑して、他の者は助けるというのが基本であった。

しかし、天草の乱は違った。禁教とされているキリシタンが多く参加したことで、幕府は徹底した弾圧を加えた。幕府にとって天草や島原は外様大名の領土で、そこから年貢があがろうが、あがるまいがどうでもよかった。それよりも、キリシタンを生き残らせて、またその教えが広がることを怖れた。

島原城は完全に包囲していたとはいえ、戦というのはどさくさに紛れるものだ。全員を討ち果たすのは難しい。なにせ、加わった一揆勢は、地元の出で地理に詳しい。どこを通れば、他人目に触れずに逃げられるかは知っている。また、戦に参加した大名のなかには、己の領土を耕す人手を失いたくないと、見逃す者もいた。

板倉内膳正を討ち果たし、幕府へ恥を掻《か》かせた天草の乱に参加した者を松平伊豆守が許すはずはなかった。

「壱岐守どのの手の者を借りたい」

江戸へ正しい情報を送った漂泊衆を松平伊豆守は高く買っており、その力の貸し出しを中根壱岐守へ求めた。

「狩人《かりゅうど》と父が呼んでいたのも当然じゃ」

満足そうに中根新三郎が屋敷に入った。

しかし、いつまで経っても幕府医師が殺された、あるいは死んだという噂は中根新三郎の耳に届かなかった。

「調べるか」

中根新三郎がふたたび屋敷を出た。

大名、旗本は、当主の死亡を隠蔽《いんぺい》することもある。跡継ぎなしはお家断絶が決まりなため、病気療養を届け、ことが露見する前に跡継ぎを決めて家督を相続させてしまうのだ。

もちろん、幕府もわかっていて、それを黙認していた。

当主が病気療養中かどうかは、わりと簡単に見極めがついた。当主病気療養中は、世間へ遠慮して門を閉じ、静かにするのが慣習であった。とくに幕府医師が病気になるなど、恥である。本道医だと職を辞さなければならず、外道や眼科、産科でも逼塞に近い状態になった。

「矢切の屋敷はこのへんだが……」

よく似た屋敷が並んでいるところで、中根新三郎が迷った。

「……どうかなさいやしたか」

目の前の屋敷の潜り戸が開いて、なかから顔を出した小者が中根新三郎に話しかけた。

「いや、矢切という名前の医師がこのあたりにいたはずなのだが」

中根新三郎が首をかしげてみせた。

「矢切先生のお屋敷ならば、真向いでございますよ」

小者が指さした。

「おおっ、すまなかったの」

言われた中根新三郎が驚きながらも、礼を述べた。

「では」

すっと小者が潜り戸のなかへ消えた。

「門が開いている。ということは無事……」

中根新三郎が息を呑《の》んだ。

「辺りも浮ついていない。どういうことだ」

周囲に目を走らせた中根新三郎が、一層困惑した。

殺人という大事はまずない。行き倒れはままあるが、それでも後始末だなんだで、数日辺りは浮つく。ましてや人殺しとあれば、一年は見物客がやってくるほどの大騒ぎになっていなければおかしかった。

「やらずに逃げたか」

中根新三郎が日蔵たちを疑った。

「……久吉に言わねばならぬの」

金を受け取ってなにもしないは許されなかった。中根新三郎が、久吉のもとへと足を急がせた。

「どこへ行きやがる」

向かいの潜り戸に空けられたのぞき窓から、中根新三郎を見ていた卯吉《うきち》が呟《つぶや》いた。

「……………」

静かに潜り戸を開いた卯吉が、中根新三郎の後を付け始めた。

漂泊というのは、なにものにも縛られない。それはなんの庇護《ひご》も受けられないということの裏返しでもあった。

まず菩提寺《ぼだいじ》がない。菩提寺がないから人別がなく、店を開きたくとも土地は買えない、建物も借りられない。

漂泊するのに疲れ、定住したくとも、まずできないのだ。明日どうなるかわからない不安を漂泊の民はずっと抱いて生きてきた。

それを中根壱岐守は変えた。菩提寺と人別、定住するだけの条件と家を褒賞として、中根壱岐守は、漂泊の民を配下に組み入れた。

久吉は両国広小路《りょうごくひろこうじ》を一筋入ったところで、指物師をしていた。

「邪魔をする」

指物承りますと描かれた戸障子を開けて、中根新三郎が声をかけた。

「……いらっしゃいませ。指物のご注文で」

一階の板の間で仕事をしていた久吉が、一瞬のためらいの後、応対をした。

「すまんが、手あぶりの小さなものが欲しいのだ」

「さようでございますか。お話を承りましょうほどに、どうぞ」

わざとらしい中根新三郎に、久吉がもっとこっちへ寄ってくれと招いた。

「……幕府医師がそのままなのだが、どうなっている」

久吉に近づいた中根新三郎が声を潜めた。

「そんなことはございますまい。日蔵と六郎が担当いたしました。あの二人が……まさか、逃げたとお疑いで」

久吉が顔色を変えた。

「逃げたとは言わぬが、幕府医師はしっかりと診察をしておる。たった今、この目で確かめてきたところだ」

「……しばらくお待ちを」

前掛けをそのままに、久吉が店を出ていった。

「なかなか見事なものだ」

残された中根新三郎が、久吉の作っていた小物入れを手にした。

「悪いの」

一度縁切りを宣言しておきながら、顔を出してしまったことを中根新三郎が悔いた。

「じゃが、このままにはしておけぬ。あの幕府医師を生かしておいたら、父や祖父のやってきたことが無駄になってしまう」

中根新三郎が小物入れを置いた。

「秀忠《ひでただ》さまの思いも潰《つい》える」

小さく中根新三郎が首を左右に振った。

「……もどりやした」

しばらくして久吉が汗まみれになりながら、帰ってきた。

「どうであった」

早速、中根新三郎が訊いた。

「日蔵の妻も六郎の家族も、おりやした。どちらも一昨日から戻ってこない夫や、父を心配しておりました」

久吉が答えた。

「家族がいたならば、逃げたのではないな」

「もちろんでございまする」

漂泊の民に明日が来るという保証はなかった。いつ病に倒れるか、険しい山、深い谷で事故に遭うかも知れない。

なにせ定住していないのだ。いなくなっても近隣などないから、誰にも気づかれない。

そんなとき頼りになるのが一族であった。

漂泊の民は、家族を大切にし、決して捨てることはない。

「となると、返り討ちに遭ったか」

「おそらくは」

　中根新三郎の推測に、久吉がうなずいた。

「しくじったの。むうう、一度襲って失敗したとあらば、相手は警戒する」

「申しわけもございません」

　苦い顔をした中根新三郎に、久吉が詫びた。

「そなたのせいではないわ。二人ずつと言ったのは儂じゃ。責任は儂にある」

　中根新三郎が否定した。

「悪かった。そなたの家しか知らなんだので、頼ってしまった。もう、約束は破らぬ。いい指物を作ってくれ」

　詫びながら中根新三郎が腰を上げた。

「お待ちを」

　久吉が立ち去ろうとした中根新三郎を引き止めた。

「最後の仕事を失敗したとあっては、先祖に顔向けができませぬ。あの医者の始末は、こちらでさせていただきまする」

「それはいかぬ」

　もう一度挑むという久吉を中根新三郎が制した。

「いいえ。でなければ日蔵と六郎が浮かばれません。最後まで残った十人は、一つの家族のようなもの。その命を奪った者への復讐《ふくしゅう》を果たしてやりたく存じまする。でなくば、これから死ぬまで悔いを抱えていくことになりまする」

「久吉……」

中根新三郎が目を大きく見開いた。

「今、江戸にわたくしの他に三名おりまする。四人でかかれば……」

「駄目だ」

明日にでも襲撃しようという勢いの久吉を中根新三郎が抑えた。

「痕跡《こんせき》もなく二人を討ち、なにごともなかったかのように、日常をしているような奴だぞ。四名では危ない」

「では、大坂と新居へ出向いた者が戻ってきたらいかがでしょう。八名になれば、町道場の一つくらいは潰《つぶ》せまする」

小出しでは勝てないかも知れないと危惧《きぐ》した中根新三郎に久吉が全力で当たると表明した。

「いや、九名だ。儂も出る」

「それはいけませぬ。中根さまに万一があれば、わたくしども先祖に顔向けができませぬ」

一緒に戦うと言った中根新三郎を久吉があわてて宥《なだ》めようとした。

「もう高みの見物はごめんだ。儂の一言で人が、それも知っている者が死んでいく。あまりにきつい。せめてその場に儂もいたい」

「…………」

頬をゆがめる中根新三郎に久吉が黙った。

「そこまでおっしゃってくださるなら。一同がそろいましたら、お屋敷へお迎えにあがりまする」

久吉が頭を垂れた。

四

甲府藩から田鶴《たづる》が大奥へとやってきた。

「先日の医師見舞いへのお礼を」

お客応答《あしらい》へ事情を話した田鶴は、そのまま御台所鷹司信子のもとへと案内された。

「吾が又従姉妹《いとこ》どののご機嫌はいかがかの」

鷹司信子が田鶴を迎えた。

「お気遣いを賜りましたこと、くれぐれもかたじけなく思っておりまするると主は申しておりまする」

田鶴がまず手順の挨拶《あいさつ》をすませた。

「熙子《ひろこ》の話を聞きたい。長く会っておらぬでの。皆、遠慮せい。でなくば、この者も話しにくかろう」

近衛《このえ》熙子のことを知りたいと言った鷹司信子が、その名誉を守るためと他人払《ひとばら》いを命じた。

「お心遣い畏《おそ》れいりまする」

田鶴が深々と腰を折った。

「さすがに一人にはなれぬのでな、一人だけ残したが気にせずとも良い。その者は妾《わらわ》の腹心じゃでの」

鷹司信子が、この場でなにを口にしても問題ないと告げた。

「では、当家お抱え医師の二人がいなくなりましてございまする」

「……ほう」

田鶴の言葉に鷹司信子が笑いを消した。

「一人は浜屋敷から帰る途中で、何者かに襲われて命を奪われましてございまする」

「もう一人はどうしたのじゃ」

鷹司信子が問うた。

「屋敷から逃げ出したようでございまする。残った妻女から聞き出しましたところ、箱根《はこね》をこえると申していたらしく」

「逃げたか。よく鼻が利くことじゃ」

説明する田鶴に、鷹司信子があきれてみせた。

「されどじゃ……甲府にもやはり手は入っていたの」

「はい。気づかず、恥じ入りまする」

田鶴がうなだれた。

「そなたのせいではない。どうやら熙子が輿《こし》入れする前から、甲府に根が張っていたようだからの」

鷹司信子が田鶴を慰めた。

「ですが、それに気づかぬなど……」

「食べものならばまだしも医術なれば、門外漢であろう。気づくはずないわ。これからは十分気を付けるであろう。そなたこそ、熙子の忠臣じゃ」

まだ落ちこむ田鶴を鷹司信子が鼓舞した。

「……はい」

ようやく田鶴が顔を上げた。

「そういえば、あの医師はどこに」

田鶴が今日は良衛の顔を見ていないと首をかしげた。

「あやつは、妾の医師ではないのでの。あの医師は伝の主治医である」

「お伝さまの……それを医師見舞いに選ばれるとは」

鷹司信子の答えに田鶴が驚愕《きょうがく》した。

正室と側室は仲が悪いのがほとんどであった。言わずもがなだが、正室が身分でいけば高い。正室は主人であり、側室は奉公人に過ぎない。

正室が胸を張り、側室が額を床にこすりつける。しかし、これを逆転する方法が一つだけあった。

世継ぎとなる男子を産むことである。側室でも嫡男を産めば、お腹さま、あるいはお部屋さまと呼ばれ、当主の一門扱いを受ける。

武家にとって当主がもっとも大事だが、その次に来るのは跡継ぎなのだ。戦うことが本分の武家は男子でなければ家を継げない。家を継げないとなれば、領地も知行も失うことになる。そして、それは家臣や奉公人の生活を直撃する。

家が潰れてしまえば、臣もなにもあったものではなくなり、禄はなくなってしまう。そうなれば生きていけない、となれば家臣たちが替えの利く正室より、世継ぎを大事にするのは当たり前である。

さらに世継ぎの機嫌を取れば、次の当主の御世《みよ》で引き立てを受けられるかも知れない。世継ぎに大きな影響を与える生母へ家臣たちがすり寄るのも無理のないことであった。

こうなれば正室はただの飾りとなり、側室が奥の主になる。

夫たる当主に側室の横暴を訴えても、やはり男子を産んでくれた側室が可愛いため、相手にされない。

正室は家と家の結びつきを強くするために輿入れしてくる。その正室が側室に押さえつけられれば、実家の影響力も薄くなる。こうなっては、なんのために婚姻をなしたかわからなくなる。なんとしてでも正室は側室を支配し、男子を産もうとも顔をあげさせないようにしようとした。

「たしかに、伝は気に喰わぬぞ」

田鶴の疑問を鷹司信子が認めた。

「だがの、公方《くぼう》どのの子を孕《はら》んだのは伝だけじゃ。妾も数えきれぬほど公方どのと閨《ねや》を共にしたが、一度たりとても懐妊しなかった。もし、このまま伝が子を産まねばどうなる。公方どのの次は、熙子の背の君か、御三家の誰かが来ることになる」

「…………」

主近衛熙子の未来もかかわっている。田鶴が気まずげに黙った。

「鷹司の娘が嫁いでいながら、代を絶やした。そんなことを言われるなど許されぬ。これからの将軍は、すべて公方どのの血でなければならぬ。それが御台所となり、江戸城大奥の主となった妾の仕事。死後も悪口を叩《たた》かれると思えば、伝がことなど些末《さまつ》でしかない」

「お方さま……」

悔しそうに眉《まゆ》をひそめながら言う鷹司信子を、同席していた女中がいたましげに見た。

「田鶴と申したの」

鷹司信子が田鶴へ呼びかけて続けた。

「熙子は姫とはいえ、参議の子を産んでおる。まだ望みがあるのだ。参議は側室を迎えてはおらぬのだろう」

「今のところでございますが」

確認した鷹司信子に田鶴が首肯した。

五摂家《ごせつけ》の姫を正室にした者は、側室をしばらく置かないのが礼儀であった。現実の権力では徳川《とくがわ》が上だが官位だけでいけば、五摂家のほうが将軍家よりも格が高い。いわば目上の姫を降嫁してもらったという形になるだけに、側室を持つのは無礼になった。

「ですが、このままご懐妊なさらねば……」

田鶴が苦い顔をした。

格上の姫を迎えた武家でも、跡継ぎは必須《ひっす》である。そこで婚姻からあるていどの期間正室が不妊の場合、側室を迎えることが認められていた。鷹司信子の場合は、一度も妊娠しなかったのと、四代将軍家綱に跡継ぎがなく綱吉が将軍になるかも知れないというのもあり、あっさりと側室を作った。

近衛熙子は一度出産しているのと、綱豊が将軍家を継ぐ資格を持つとはいえ、今は甲府藩主でしかないため、側室を遠慮しているに過ぎなかった。

「そうならぬようにできるのだ、あの医師はな」

「それでは……」

鷹司信子の言葉に田鶴が身を乗り出した。

「妾と違い、熙子はまだ若かろう。もう一度子を産んでもよい」

出産をあきらめたと鷹司信子が述べた。

「そのようなことは……」

「四十路《よそじ》近いのだぞ、妾は」

否定しようとした田鶴に鷹司信子が苦笑した。

「熙子は三十歳になってもおるまい。望みはある」

「畏れ入りまする」

田鶴が謝した。

「蘆野《あしの》、矢切を呼びや。田鶴の話を聞かせる」

「ただちに」

同席を許されていた女中が、一礼して次の間へ控えている表使に手配を命じに行った。

「医師が来るまで、茶でも馳走《ちそう》しよう」

「ありがたく」

茶の湯を楽しもうと誘った鷹司信子に田鶴が喜んだ。

お伝の方の診療を終えた良衛は、小さくうなずいた。

「ご体調はよろしいかと存じまする」

脈拍も規則正しく、顔色、舌の色もいい。体温も最初に触れたときに冷たいと感じたのが、温かいと思えるようになっている。

「うむ。食欲もある、いや、ありすぎて困るくらいじゃ。少し肥えたわ」

お伝の方が笑った。

「あとは、上様のお胤《たね》を稔らせるだけ」

「…………」

期待を見せたお伝の方に良衛は黙った。

「矢切、子ができぬのは、妾のせいではないのだな」

お伝の方の声が低くなった。

「…………」

問いかけにも良衛は答えなかった。

「口にしにくいか」

小さくお伝の方がため息を吐いた。

「矢切、答えよ。これへの沈黙は許さぬ。希望はあるか」

険しい声でお伝の方が迫った。

「望みはございまする」

間を空けることなく、良衛が告げた。

「上様のご調子次第……そなたが上様をとはいかぬのか」

「本来でございましたら、お方さまも拝診仕《つかまつ》ることもできませぬ」

訊いたお伝の方に、良衛が首を横に振った。

「では、奥医師にそなたが指導を……できるはずもないか」

見目麗しいだけ、媚びを売るのがうまいだけで側室は務まらない。ましてや将軍の子を二度も孕むほどの寵愛《ちょうあい》を受けるには、賢くなければならなかった。

己で言いかけて、途中でお伝の方が気づいた。

「畏れ入りまする、お方さま、御台所さまより、矢切をお召しとの報せが参りましてございまする」

そこへ局の女中が口を挟んだ。

「御台所さまからのお呼び出しか。誰ぞ、なにか知ってるかえ」

お伝の方が配下の女中たちに尋ねた。

「今朝方、甲府家からの使者が御台所さまのもとへ参っておりまする」

女中の一人が答えた。

「それじゃの。どうやら、甲府家でなにかあったようじゃ。誰ぞ、前触れを出せ。医師とともに妾も参上いたしますとな」

「ただちに」

女中たちがあわただしく動き始めた。

かなり離れているお伝の方の局と御台所の館《やかた》だが、それでもさほどかかるわけではなかった。

「伝の方さま、医師を伴って、御台所さまにお目通りを願っておりまする」

田鶴との茶を楽しんでいた鷹司信子のもとに取次が報告した。

「ここへ通しや。かまわぬの、田鶴」

「お方さまの御心のままに」

入室を許可してから問うた鷹司信子に、田鶴は首を縦に振るしかなかった。

「勝手参上をお詫びいたしまする」

格下からの押しかけは無礼に当たる。まず、上段の間へ入る手前の敷居際で、お伝の方が手を突いた。

「よいよい。そなたを拒む戸は持っておらぬ」

鷹揚《おうよう》に鷹司信子が許した。

「お呼びでございますか」

お伝の方の後ろに控えていた良衛が口を開いた。

「ちと話を聞かせたくての。近《ちこ》う参れ。伝もの」

鷹司信子が二人を手招きした。

「一同、下段の間襖際《ふすまぎわ》までさがりや」

蘆野が他の女中を遠ざけた。

「……お方さま」

一同が従うのを確認して、蘆野が鷹司信子を促した。

「田鶴、任せる」

鷹司信子が話を田鶴に投げた。

「お許しをいただきましたので……お伝の方さまにはお初にお目にかかりまする。甲府参議正室付年寄の田鶴と申しまする」

「伝じゃ」

田鶴の名乗りに、お伝の方が応じた。将軍側室は甲府参議家の女中より格上になる。伝の答えは簡単なものであった。

「お医師どの、先日はかたじけのうございました。お方さまもよしなにとの仰せでございまする」

「かたじけなきことでございまする」

続けて田鶴が良衛へ医師見舞いの礼を述べた。

「さて、用件でございますが、当家医師二人がいなくなりましてございまする。一人は逃げて行《い》き方《がた》知れず、もう一人は屋敷へ戻る途中で襲撃を受け、害されました」

「……いつのことでございましょう」

「行き方知れずは、当番の翌日以降のことゆえ、おそらく五日前、殺された医師は、四日前でございまする」

「同じでござるな」

田鶴の返答に良衛が唇の端を嚙《か》んだ。

「矢切、どういうことだ。そなたも襲われたのか。聞いておらぬぞ」

お伝の方が気色ばんだ。

「目的はわたくしでございましょうが、四日前、吾が屋敷が得体の知れぬ男どもに襲われ、家内と息子が狙われましてございまする」

「なんじゃと。なぜ、すぐに妾に報せぬ」

「家内と息子のことでお方さまにご心労をお掛けするわけには参りませず」

怒るお伝の方に、個人のことだったのでと良衛が述べた。

「たわけが。妻と子を狙われて、そなたが平静でおられるはずなかろうが。そなたが動揺すれば、妾の治療に影響が出よう。かかわりないことではないわ」

お伝の方が、良衛を叱った。

「なんともありがたいお言葉でございまする」

良衛は深く腰を折った。

「そうじゃ、今のはそなたが悪い」

鷹司信子も良衛を心得違いだとたしなめた。

「申しわけございませぬ」

徳川家を代表する女性《にょしょう》二人から睨《にら》まれた良衛が恐縮した。

「妻子は無事であったのだろうな」

「お陰さまで傷一つせず、無事でございまする」

訊いたお伝の方へ、良衛が答えた。

「それはなによりであった」

お伝の方が安堵した。

「で、襲いきた者はどうした」

「わたくしは登城いたしておりましたので、留守の者が……」

鷹司信子の質問に、良衛は最後を濁した。

「返り討ちにいたしたか。それは残念であるの。生きておれば、いろいろと訊けたであろうに」

「恥ずかしながら、留守の者にそこまで任せるわけには参りませず」

咎めるような口調のお伝の方に、良衛は首を左右に振った。

「すんだことはいたしかたない」

責めてやるなと鷹司信子がお伝の方を制した。

「どう思うのじゃ、そなたは」

鷹司信子が良衛の見解を求めた。

「…………」

良衛は沈黙した。

「わかっているのだろう、ことがどれだけ大きくなっておるかを。そして、もう、そこから逃げ出せぬということも」

厳しい口調で鷹司信子が言った。

「上様が神田館《かんだやかた》におられたときから手は伸びており、先代甲府宰相綱重《つなしげ》さま亡き後も甲府家に手が残っておりました。そして将軍家にも……」

良衛は続けた。

「考えてみれば、先代上様のご最期もおかしゅうございまする。熱病を患っておられるというに、お休みいただかず、連日、観劇をお勧めするなどあり得ませぬ。病は気からと執政たちが考え、上様をお慰めしようとしたというだけならばまだよしですが、それを奥医師が止めないというのは論外でございまする。医師として安静をお願いし、執政たちにも意見してこその奥医師」

「……将軍殺しもあると申すか」

さすがの鷹司信子も驚愕した。

「一度奥医師たちを調べなければなりますまい。ただ、愚昧《ぐまい》にはその権がございませぬ」

手が届かないと、良衛がため息を吐いた。

「そなたの義父は典薬頭《てんやくのかみ》であろう。典薬頭ならばできようが」

良衛の経歴を知るお伝の方が口を挟んだ。

「もうお一人の典薬頭さまが……」

「邪魔をするというか」

鷹司信子が眉間《みけん》にしわを寄せた。

「伝よ。そなた閨で公方どのへ密《ひそ》かに申しあげよ」

「承りましてございまする」

御台所から命じられたお伝の方が引き受けた。

「他にはなにかないか」

「では、上様に無茶な料理を出していた前任の台所人が生きておるかどうかをお調べいただきたく。一人は大坂城代副番《そえばん》方、もう一人は新居奉行所与力に転じております る」

「それは蘆野、そなたがなんとかいたせ」

「承知いたしましてございまする。表の役人とは面識がございますゆえ、なんとかできましょうほどに」

良衛の願いを鷹司信子が蘆野に任せた。

「これでよいな」

「はい。ご手配に感謝いたしまする」

念を押した鷹司信子に良衛は平伏した。

下がってよいと鷹司信子に促された良衛は、先日の案内役の女中に先導されて下《しも》の御錠口《おじょうぐち》へと向かっていた。

「甲府家のお女中もお出《い》でであったが、なんの話であった」

女中が振り向かずに問うた。

「……甲府家の医師に疑義あると申しあげた結果をお知らせいただいたのでござる」

少し考えて良衛は真実に近いことを答えた。

「疑義だと、それはなんじゃ」

「御台所さまが他人払いをなされたうえでのお話でございまする」

内容を訊かれた良衛が、鷹司信子から他言を禁じられていると告げた。

「お方さまの御安全のためにも知っておきたいが……」

「わたくしからは申せませぬ」

喰い下がる女中の求めを良衛は拒んだ。

「礼はするぞ」

「叱られまするので」

金を臭わせた女中を良衛はきっぱりと断った。

「さようか。下の御錠口じゃ、さっさと帰るがよい」

あきらめた女中が手を振った。

「お見送りありがたく」

一応の挨拶を返し、良衛は下の御錠口を出た。

「あの女中もそうか。どこまで根が深いのやらわからぬ。はたして勝てるのか……いや、ことが終わるまで生き残れるのか」

良衛は小さく震えた。

「生き残ってみせるわ」

弱気の己を叱るように、良衛が気合いを入れた。


中根新三郎の屋敷に、また漂泊衆が集まっていた。

「大坂も新居も無事任を果たしましてございまする」

まず久吉が報告をすませた。

「ご苦労であった」

小さくうなずいて中根新三郎が遠国《おんごく》へ出向いていた者たちをねぎらった。

「さて、事情は久吉から聞いておると思う。幕府医師の始末にしくじった。あやつがおると先祖以来の任が全うできなくなる。悪いが、今度こそ最後にする。もう一度力を貸してくれ。次は儂も出る」

「……………」

頭を下げる中根新三郎に、漂泊衆が無言で同意を表した。

「助かる」

中根新三郎が顔を上げた。

「期日は五日後だ。それまでに調べをすませ、用意をな」

「承知。今度こそ、仕留めてみせましょうぞ」

襲撃の日を告知した中根新三郎に、久吉が一同を代表して応じた。

「将軍家の血筋を糺《ただ》す最後の機会じゃ」

中根新三郎が強い意志で当たると宣した。

本書は書き下ろしです。

表《おもて》御《ご》番《ばん》医《い》師《し》診療録《しんりょうろく》12

根源《こんげん》

上田秀人《うえだひでと》

平成30年 8月25日　初版発行

発行者●郡司 聡

発行●株式会社KADOKAWA
〒102-8177　東京都千代田区富士見2-13-3
電話 0570-002-301（ナビダイヤル）

角川文庫 21118

印刷所●株式会社暁印刷　製本所●本間製本株式会社

表紙画●和田三造

ISBN978-4-04-107208-0　C0193

角川文庫発刊に際して

角川源義

第二次世界大戦の敗北は、軍事力の敗北であった以上に、私たちの若い文化力の敗退であった。私たちの文化が戦争に対して如何に無力であり、単なるあだ花に過ぎなかったかを、私たちは身を以て体験し痛感した。西洋近代文化の摂取にとって、明治以後八十年の歳月は決して短かすぎたとは言えない。にもかかわらず、近代文化の伝統を確立し、自由な批判と柔軟な良識に富む文化層として自らを形成することに私たちは失敗して来た。そしてこれは、各層への文化の普及滲透を任務とする出版人の責任でもあった。

一九四五年以来、私たちは再び振出しに戻り、第一歩から踏み出すことを余儀なくされた。これは大きな不幸ではあるが、反面、これまでの混沌・未熟・歪曲の中にあった我が国の文化に秩序と確たる基礎を齎らすためには絶好の機会でもある。角川書店は、このような祖国の文化的危機にあたり、微力をも顧みず再建の礎石たるべき抱負と決意とをもって出発したが、ここに創立以来の念願を果すべく角川文庫を発刊する。これまで刊行されたあらゆる全集叢書文庫類の長所と短所とを検討し、古今東西の不朽の典籍を、良心的編集のもとに、廉価に、そして書架にふさわしい美本として、多くのひとびとに提供しようとする。しかし私たちは徒らに百科全書的な知識のジレッタントを作ることを目的とせず、あくまで祖国の文化に秩序と再建への道を示し、この文庫を角川書店の栄ある事業として、今後永久に継続発展せしめ、学芸と教養との殿堂として大成せんことを期したい。多くの読書子の愛情ある忠言と支持とによって、この希望と抱負とを完遂せしめられんことを願う。

一九四九年五月三日

角川文庫ベストセラー

切開
表御番医師診療録1
上田秀人

表御番医師として江戸城下で診療を務める矢切良衛。ある日、大老堀田筑前守正俊が若年寄に殺傷される事件が起こり、不審を抱いた良衛は、大目付の松平対馬守と共に解決に乗り出すが……。

縫合
表御番医師診療録2
上田秀人

表御番医師の矢切良衛は、大老堀田筑前守正俊が斬殺された事件に不審を抱き、真相解明に乗り出すも何者かに襲われてしまう。やがて事件の裏に隠された陰謀が明らかになり……。時代小説シリーズ第二弾！

解毒
表御番医師診療録3
上田秀人

五代将軍綱吉の膳に毒を盛られるも、未遂に終わる。表御番医師の矢切良衛は事件解決に乗り出すが、それを阻むべく良衛は何者かに襲われてしまう……。書き下ろし時代小説シリーズ、第三弾！

悪血
表御番医師診療録4
上田秀人

御広敷に務める伊賀者が大奥で何者かに襲われた。表御番医師の矢切良衛は将軍綱吉から命じられ江戸城中から御広敷に異動し、真相解明のため大奥に乗り込んでいく……書き下ろし時代小説シリーズ、第4弾！

摘出
表御番医師診療録5
上田秀人

将軍綱吉の命により、表御番医師から御広敷番医師に職務を移した矢切良衛は、御広敷伊賀者を襲った者を探るため、大奥での診療を装い、将軍の側室である伝の方へ接触するが……書き下ろし時代小説第5弾。

角川文庫ベストセラー

武士の職分
江戸役人物語
上田秀人

人斬り半次郎（幕末編）
池波正太郎

人斬り半次郎（賊将編）
池波正太郎

にっぽん怪盗伝　新装版
池波正太郎

近藤勇白書
池波正太郎

表御番医師、奥右筆、目付、小納戸など大人気シリーズの役人たちが躍動する渾身の文庫書き下ろし。「出世の重み、宮仕えの辛さ。役人たちの日々を題材とした、新しい小説に挑みました」――上田秀人

姓は中村、鹿児島城下の藩士に〈唐芋〉とさげすまれる貧乏郷士の出ながら剣は示現流の名手、精気溢れる美丈夫で、性剛直。西郷隆盛に見込まれ、国事に奔走するが……。

中村半次郎、改名して桐野利秋。日本初代の陸軍大将として得意の日々を送るが、征韓論をめぐって新政府は二つに分かれ、西郷は鹿児島に下った。その後を追う桐野。刻々と迫る西南戦争の危機……。

火付盗賊改方の頭に就任した長谷川平蔵は、迷うことなく捕らえた強盗団に断罪を下した！　その深い理由とは？「鬼平」外伝ともいうべきロングセラー捕物帳全12編が、文字が大きく読みやすい新装改版で登場。

池田屋事件をはじめ、油小路の死闘、鳥羽伏見の戦いなど、「誠」の旗の下に結集した幕末新選組の活躍の跡を克明にたどりながら、局長近藤勇の熱血と豊かな人間味を描く痛快小説。

角川文庫ベストセラー

西郷隆盛　池波正太郎

近代日本の夜明けを告げる激動の時代、明治維新に偉大な役割を果たした西郷隆盛。その半世紀の足取りを克明に追った伝記小説であるとともに、西郷を通して描かれた幕末維新史としても読みごたえ十分の力作。

炎の武士　池波正太郎

戦国の世、各地に群雄が割拠し天下をとろうと争っていた。三河の国長篠城は武田勝頼の軍勢一万七千に包囲され、ありの這い出るすきもなかった……悲劇の武士の劇的な生きざまを描く。

卜伝最後の旅　池波正太郎

諸国の剣客との数々の真剣試合に勝利をおさめた剣豪塚原卜伝。武田信玄の招きを受けて甲斐の国を訪れたのは七十一歳の老境に達した春だった。多種多彩な人間を取りあげた時代小説。

戦国と幕末　池波正太郎

戦国時代の最後を飾る数々の英雄、忠臣蔵で末代まで名を残した赤穂義士、男伊達を誇る幡随院長兵衛、そして幕末のアンチ・ヒーロー土方歳三、永倉新八など、ユニークな史観で転換期の男たちの生き方を描く。

賊将　池波正太郎

西南戦争に散った快男児〈人斬り半次郎〉こと桐野利秋を描く表題作ほか、応仁の乱に何ら力を発揮できない足利義政の苦悩を描く「応仁の乱」など、直木賞受賞直前の力作を収録した珠玉短編集。

角川文庫ベストセラー

闇の狩人 (上)(下)　池波正太郎

盗賊の小頭・弥平次は、記憶喪失の浪人・谷川弥太郎を刺客から救う。時は過ぎ、江戸で弥太郎と再会した弥平次は、彼の身を案じ、失った過去を探ろうとする。しかし、二人にはさらなる刺客の魔の手が……。

忍者丹波大介　池波正太郎

関ヶ原の合戦で徳川方が勝利をおさめると、激変する時代の波のなかで、信義をモットーにしていた甲賀忍者のありかたも変質していく。丹波大介は甲賀を捨て一匹狼となり、黒い刃と闘うが……。

俠客 (上)(下)　池波正太郎

江戸の人望を一身に集める長兵衛は、「町奴」として、つねに「旗本奴」との熾烈な争いの矢面に立っていた。そして、親友の旗本・水野十郎左衛門とも互いは心で通じながらも、対決を迫られることに——。

西郷隆盛 新装版　池波正太郎

薩摩の下級藩士の家に生まれ、幾多の苦難に見舞われながら幕末・維新を駆け抜けた西郷隆盛。歴史時代小説の名匠が、西郷の足どりを克明にたどり、維新史までを描破した力作。

新選組血風録 新装版　司馬遼太郎

勤王佐幕の血なまぐさい抗争に明け暮れる維新前夜の京洛に、その治安維持を任務として組織された新選組。騒乱の世を、それぞれの夢と野心を抱いて白刃とともに生きた男たちを鮮烈に描く。司馬文学の代表作。